光文社文庫

文庫書下ろし／長編時代小説

踊る小判

闇御庭番(七)

早見　俊

光　文　社

この作品は光文社文庫のために書下ろされました。

目次

公儀御庭番は、八代将軍徳川吉宗が創設した将軍直属の情報機関。表向きは城中の清掃、警固などを役目としたが、実態は諸大名の動向や市中探索などの諜報活動をおこなう。菅沼外記は、御庭番の中でも一切表に出ない破壊活動「忍び御用」を役目とする一人であった。

十二代将軍家慶は、十一代家斉と側室お楽の方との間に、家斉の次男として生まれた。寺社奉行、大坂城代、京都所司代、西ノ丸老中を歴任して老中首座に登り詰めた水野忠邦（越前守、浜松藩主）を中心に、家斉の死後、「天保の改革」を断行する。

水野の懐刀として、改革に反する者を取り締まったのは鳥居耀蔵（甲斐守）。儒者林述斎の三男として生まれ、旗本鳥居一学の養子となった。目付をへて南町奉行に就任。厳しい取り締まりのため、「妖怪（耀甲斐）」と恐れられた。

北
東
南
西
鐘ヶ淵
大橋
隅田村
千住道
小塚原
日本堤
三河島
日暮里
田端
駒込
谷中
金杉上町
新吉原
鷲神社
山谷堀
今戸町
今戸橋
寺島村
隅田川
小梅村
聖天町
浅草花川戸町
奥山
浅草寺
東本願寺
千駄木
白山
御薬園
小石川
伝通院
根津権現
本郷
東叡山寛永寺
下谷
中堂
不忍池
幡随院
広徳寺
阿部川町
新堀川
吾妻橋
竹町ノ渡し
田原町
三間町
並木町
駒形堂
蔵前
菊坂町
池之端仲町
湯島天神
下谷広小路
御徒町
春日町
水戸徳川家
牛込
神楽坂
市谷
森田町
御米蔵
神田明神
神田川
外神田
筋違御門
練塀小路
牛込御門
小石川御門
水道橋
天王町
柳橋
浅草橋
百本杭
御竹蔵
本所
昌平橋
多町
和泉橋
柳原土手
両国広小路
藤代町
両国橋
回向院
番町
田安御門
俎板橋
雉子橋御門
一ツ橋御門
神田橋御門
内神田
今川橋
馬喰町
薬研堀
相生町
竪川
市谷御門
清水御門
三河町
小伝馬町
大伝馬町
日本橋
一ツ目之橋
二ツ目之橋
三ツ目之橋
本銀町
常盤橋御門
北町奉行所
新大橋
小名木川
麹町
江戸城
室町
江戸橋
万年橋
霊巌寺
深川
半蔵御門
呉服橋御門
南茅場町
仙台堀
西之御丸
南町奉行所
鍛冶橋御門
組屋敷
八丁堀
永代橋
小松町
京橋
霊岸島
富岡八幡宮
永代寺
永田町
桜田御門
赤坂御門
石川島
越中島調練場
山王日枝神社
数寄屋橋御門
新橋
西本願寺
築地
佃島
溜池
幸橋御門
汐留橋

江戸幕府と町奉行所の組織（江戸後期）

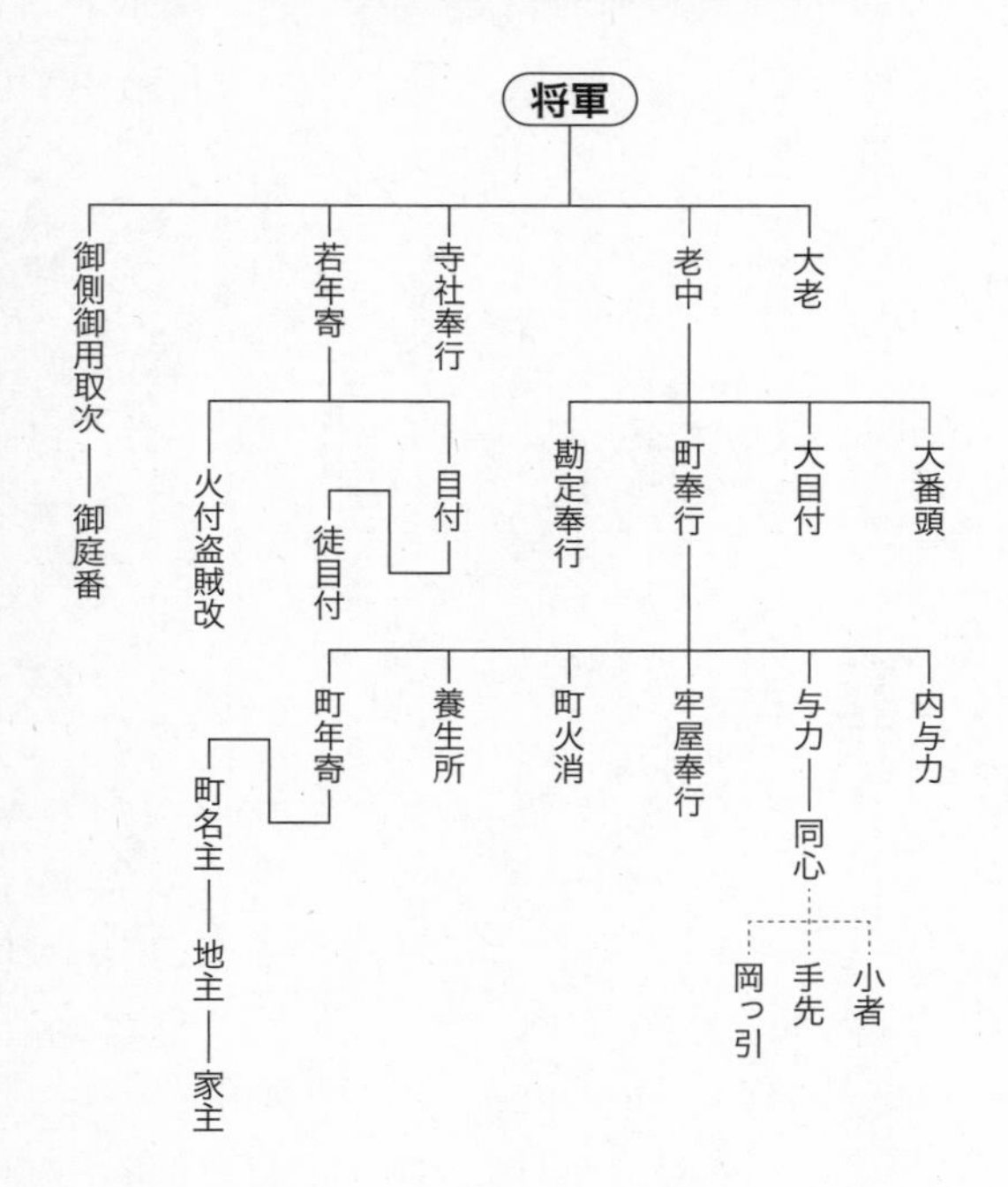

＊本図は江戸後期の幕府と町奉行所のおおまかな組織図。

＊幕府の支配体制は老中（政務担当）と若年寄（幕臣担当）の二系統からなる。最高職である老中は譜代大名三～五名による月番制で、老中首座がこれを統括した。

＊町奉行は南北二つの奉行所による月番制で、江戸府内の武家・寺社を除く町方の行政・司法・警察をつかさどった。

＊小者、手先、岡っ引は役人には属さず、同心とは私的な従属関係にあった。

主な登場人物

菅沼外記（相州屋重吉）……十二代将軍家慶に仕える「闇御庭番」。
お勢……辰巳芸者と外記の間に生まれた娘。常磐津の師匠。
村山庵斎……俳諧師。外記配下の御庭番にして、信頼される右腕。
真中正助……相州浪人。居合師範代で、お勢の婿候補。
小峰春風……絵師。写実を得意とする。
義助……棒手振りの魚屋。錠前破りの名人。
一八……年齢不詳の幇間。

水野忠邦……老中首座。天保の改革を推進する。
鳥居耀蔵……水野忠邦の懐刀と目される南町奉行。「妖怪」とあだ名される。
藤岡伝十郎……南町奉行・鳥居耀蔵の内与力。
村垣与三郎……公儀御庭番。
美佐江……浅草・観生寺で手習いを教える。蘭学者・山口俊洋の妻。
佐々岡慶次郎……奥羽喜多方藩の江戸勤番、勘定方。道場で真中と同門。
大和屋利兵衛……日本橋の両替商。喜多方藩の出入り商人である。

第一章　誘拐された妖怪

一

天保十三年（一八四二）の師走一日、寒さひとしおである。

身を切るような風が吹きすさび、大地は固く凍結している。誰もが背中を丸め、うつむいて歩く時節だ。

ところが、そんな年の瀬の江戸を沸き立たせる朗報が市中を駆け巡った。

「妖怪奉行、行方知れず」

妖怪奉行とは、南町奉行鳥居甲斐守耀蔵。老中水野忠邦が推進する改革を象徴する奢侈禁止令に基づき市中を厳格に取り締まっている。あまりに過酷な取り締まりゆえ、町人たちは、「耀蔵」の「耀」と「甲斐守」の「甲斐」をくっつけて、「耀甲斐」すなわち、「妖怪」と呼んで恐れ、且つ嫌っていた。

日本橋の高札場で、読売屋が鳥居行方不明の記事を載せた読売を、声を嗄らして売っている。

菅沼外記は一枚買い求めた。

黒小袖に同色の裁着け袴、腰には大小を落とし差しにしている。五十路を超えているが、厳寒のみぎりにもかかわらず、羽織を重ねていない。通り過ぎる者たちが寒さに縮まっているのに、きびきびとした所作が、五尺（約百五十二センチ）そこそこの小柄でありながら一角の武芸者の風格を漂わせていた。目鼻立ちが整った柔和な顔、総髪に結った白髪混じりの髪が豊かに波打ち肩に垂れていた。

「妖怪奉行さまの記事でしょう」

棒手振りが声をかけてきた。

日本橋の魚河岸に出入りしている義助である。腹掛けに半纏、寒さをものともしない威勢の良さで魚売りの心意気を示していた。

外記は義助と共に魚河岸近くの一膳飯屋に入った。昼下がりとあって、仕事を終えた棒手振りや仲買人、問屋の者たちがくつろいで食事をしている。

ここに来ると外記は決まって鮪の漬けを頼む。鮪は下魚とされ、義助などは、

「お頭、よくそんな脂っこい魚が食べられますね」

などと以前は非難めいた言葉を投げてきたが、近ごろでは外記と一緒の時は鮪を食べ、

白い飯をかきこむのを楽しみにしている。冬とあって、今日は注文にねぎま鍋を加えた。

喧噪の中、

「おい、妖怪奉行さまが、行方知れずだってよ」

「何処へ行ったんだ」

「それがわからねえから、行方知れずなんじゃねえか。五日ばかり前から、お姿が見えないんだってさ。神隠しにでも遭ったのかね」

「おめえ、どうして知っているんだよ」

「お出入り先の八丁堀の旦那、南町の同心さんのお屋敷で聞いたんだ」

「旦那本人にか」

「いや、奉公している女中だ」

「女中が御奉行さまの重大事を知っているのか」

「いや、女中じゃなくって、旦那の屋敷の近くで開業している医者だったかな」

「なんだよ、どうせ、読売で読んだんだろう」

「まあ、そんなとこだけど。でもよ、八丁堀界隈じゃ、妖怪奉行さまが行方知れずって噂が流れているのは確かだぜ」

などと、噂好きの江戸っ子らしく鳥居の行方不明騒動について活発なやり取りがされていた。

義助も、

「鳥居、行方知れずとか重病を患ったとか、あるいはもう死んだとか言われていますね。今朝なんか、かどわかされたって、噂まで立っていましたぜ。なんでも上野の寛永寺さんの近くで鳥居らしき身形のいいお侍が数人の素性の知れない男たちに駕籠に押し込まれたのを見た者がいるって……」

「それも、読売に書いてあったのか」

外記は買い求めた読売を広げた。夜道、不忍池界隈をそぞろ歩きしていた鳥居が、物盗り目的の辻斬りに遭い、深手を負った。目下、死線を彷徨う重篤な状態にある。南町が鳥居重篤を明らかにしないのは、池之端の岡場所で女郎を買った帰りだったからだ、とその読売は書き立てていた。

義助は外記から手渡された読売に視線を落としながら、

「読売にも書いてあったんですがね、どうも真みたいだって、魚河岸では囁かれてましたよ」

囁かれていたのではなく、訳知り顔でそんなやり取りが交わされたのだろうと、外記は想像した。

「何処までが本当なのか……」

外記が呟いた時、ねぎま鍋と鮪の漬け、大盛りの丼飯が運ばれてきた。

ねぎま鍋から立ち上る湯気に外記の頬が綻んだ。義助もお相伴に与りますと、箸を取った。

ぶつ切りにされた太くて真っ白な根深葱と、賽の目にされた鮪が出し汁で煮込んである。外記は鮪と葱を一緒に箸で摘み、ふうふう息を吹きかけてから口に運んだ。

たちまち、笑みがこぼれる。

鮪の脂が出し汁に沁み出し、葱との相性も抜群、鮪本来の甘味と葱のしゃきしゃきとした歯応えが堪えられない一品だ。下戸であるのが悔やまれる。白い飯にも合うが、寒夜に燗酒と一緒に食せばさぞや美味かろうと酒呑みを羨んだ。

義助も、「うめえや」と舌鼓を打っている。ふと、鮪の漬けを箸で摘み、鍋に入れてみた。醤油に漬け込まれた真っ黒な切り身が白みを帯びたところで、鍋から上げて食す。

これはこれでいける。

「義助、これもいけるぞ」

外記に勧められ、義助も試した。納得したように、うんうんとうなずきながら義助は漬けを鍋に移し始めた。

「おい、全部入れるなよ」

白い飯には漬けの方が合う。漬けで丼飯をかきこみたい。

武士の外記と棒手振りの義助が親しく飯を食べている。身分社会の当時には考えられない光景だ。二人の親密さを物語るのだが、それは二人の役目によるものだ。

菅沼外記は、忍び御用を役目とする公儀御庭番だった。だった、というのは昨年の四月、外記は表向き死んだことになって、以後、死を装い生きているからだ。忍び御用とは、戦国の世の忍びの如く、暗殺も辞さない隠密の探索をいう。

忍び御用を担った凄腕の外記が、そんな理不尽な生き方をしなければならなくなったのは、将軍徳川家慶の命を受け、元公儀御小納戸頭取中野石翁失脚の工作を行ったことに起因する。

石翁は、養女お美代の方を大奥へ送り、先代将軍家斉の側室とした。お美代の方は数多いる側室の中でも最高の寵愛を受けていた。石翁は家斉のお美代の方への寵愛を背景に、巨大な権勢を誇示した。大奥出入りの御用達商人の選定はもとより、幕閣の人事にまで影響力を持った。

傾いた幕府財政を建て直すべく改革を行おうとする家慶と老中首座水野越前守忠邦に

とって、既得権益の上に胡坐をかく石翁は大きな障害だった。そこで、外記に石翁失脚の忍び御用の命が下されたのだ。

外記の働きにより、石翁は失脚した。すると、水野は口封じとばかりに外記暗殺を謀ったのである。外記は間一髪逃れた。外記は表向き死んだことになり、家慶によって、将軍だけの命を遂行する御庭番、つまり、「闇御庭番」に任じられた。

改革は必要であるが、行き過ぎは庶民を苦しめるばかりである。水野や懐刀である公儀目付鳥居耀蔵の行き過ぎた政策にお灸を据える役割を果たすことになった。

義助は棒手振りを生業としながら忍び御用を担う、外記配下の闇御庭番である。

食事を終え、外記と義助は鳥居失踪の一件に話題を戻した。

「さすがに、死んだってのはないでしょうが。重い病とかかどわかされたっていうのは、ひょっとしたら、ひょっとしますよ」

鳥居が死んでほしい、せめて町奉行を辞めてほしいと願っている者たちは多い。いや、多いどころではない。そう願わない町人を探すのは困難だ。

「世の中、嫌われ者ってのは珍しくはありませんが、鳥居くらい誰からも嫌われている御仁もいませんや。まったく、名前を口にしただけで吐き気がしますよ。この世におぎゃあと生まれた時以来、嫌われっぱなしなんじゃござんせんか。赤ん坊の時だって、可愛くなかったでしょうね。鳥居がいなくなりゃ、江戸の空は晴れますよ」

鳥居不在がよほどうれしいようで、義助は辛辣な言葉を並べた。外記は苦笑を浮かべつつ言った。

「鳥居がいなくなっただけで、日本晴れになるものでもあるまい」

鳥居の背後には老中水野忠邦がいる。

鳥居は水野の手先に過ぎない。

「ですがね、噂ってのは風のように広まるもんでしてね、鳥居の行方が知れないっていうだけで、魚河岸は景気がいいですぜ」

奢侈禁止令の遂行を厳格に取り締まる鳥居が行方不明になっているとの噂が広まり、これ幸いと贅沢に走る者たちが出始めているのだ。これまでの、厳しい取り締まりに我慢してきた鬱憤晴らしとばかりに、高級魚がすごい勢いで売れているそうだ。

「鯛や鯉なんて上魚が飛ぶように売れていますよ。ここだけの話、大奥からの注文も増えているんです」

くすりと笑い、義助も儲かっていると言い添えた。

鳥居が奉行を務める南町奉行所の過酷な取り締まりで、自粛を余儀なくされていた町人たちは、その反動で贅沢に走っている。贅沢品の購入ばかりではない。物見遊山を楽しみ、江戸のそこかしこで笑い声が聞こえていた。正月を迎える前に、春がやってきたようだ。日銭千両、つまり、一日に千両が落ちるとされた魚河岸が息を吹き返したのだ。

「ほんと、鳥居の奴、このまま、いなくなってくればいいんですがね」

心の底から義助は言った。

「鳥居、しぶといぞ。ぬか喜びにならなければよいがな」

「そうかもしれませんね。憎まれっ子、世に憚る、ですね」

己を戒めるように義助は表情を引き締めた。

二

その翌日、外記の娘、お勢は自宅母屋の縁側で日向ぼっこをしていた。根津権現近くにある武家屋敷の一軒だ。

穏やかな冬日の作る陽だまりの中、お勢は庭を駆ける黒犬を眺めている。猫と見まごうような小さな犬、名はばつだ。

地味な弁慶縞の小袖に黒地の帯、島田髷に結った髪にも朱の玉簪を挿しているだけだ。

だが、常磐津の師匠を生業とし、辰巳芸者であった母の血を引いているせいなのか、きびきびとした所作の中に匂い立つような色気を放っている。はっきりと整いすぎた目鼻立ちが勝気な性格を窺わせてもいた。

奢侈禁止令のお陰で地味に装っていたが、鳥居失踪に沸き立つ江戸にあって、お勢も白地に紅椿が刺繍された半襟を重ねている。

鳥居行方不明がばつにも伝わったのか、普段にも増して元気だ。小さな身体全体で喜びを表現している。明るい鳴き声をあげながら庭中を駆け回っていた。

すると、木戸門から年齢不詳の男が入ってきた。頭を丸め、派手な小紋の小袖の裾を捲って帯に挟み、色違いの羽織を重ね、真っ赤な股引を穿いている。見た通りの幇間、一八という、これでもれっきとした闇御庭番の一員である。

「お勢姐さん、日本晴れでげすね」

扇子を開いたり閉じたりしながら、一八はお勢に近づく。一八の言葉のように冬晴れの昼下がりだ。

「なんだい、馬鹿にうれしそうじゃないか」

お勢が返すと、

「そりゃ、うれしいでげすよ。これが喜ばずにいられませんよ。神さま、仏さまに感謝しないと。やっぱり、天は悪党を野放しにはしていませんね」

一八は蛸のように身体をくねらせ、踊り始めた。

「何、浮かれているんだい」

お勢はばつを見た。ばつは一八の側に来て、踊りに合わせるようにきゃんきゃんと吠えたてた。

「姐さんも、耳にしているでげしょう。妖怪奉行さまのこと」

一八は踊りを止めた。

「聞いているよ。行方知れずっていうんだろう」

お勢はそっと指で半襟を撫でた。目ざとく一八が、きれいな半襟だとか姐さんは見立て上手などとよいしょをしてから続けた。

「巷では死んだとか、かどわかされたって噂が立っていますよ。それとも、神隠しに遭ったんだってね」

一八はうれしそうに両手を叩いた。

「そうそう都合よくいくもんかね。鳥居はしつこいよ。あの手の男はね、首を刎ねられても動き続けるのさ」

お勢は首を左右に振った。

「でもですよ、世の中、妖怪奉行が消えたって、景気がよくなっていますよ。やつがれも、お呼びがかかったでげすよ。鬼の居ぬ間の何とやらでげすよ」

日本橋の料理屋で豪勢なお座敷があるという。

「たんまり、祝儀が頂けますよ。姐さん、一緒に行きましょうよ。五日の夜でげすからね。空けておいてくださいよ」

一八は捕らぬ狸の皮算用をした。

「あたしも、行くの」

「そうでげすよ。行かない手はないでげしょう。ご祝儀、たんまり頂きましょうよ」

「乗り気にならないね」

鳥居の行方が知れないといっても、このまま南町奉行を辞めるわけではない。

「どうしたんでげすよ」

不満そうに一八が問いかけると、

「鳥居のことだよ。何か魂胆があるんじゃないかね」

お勢は小首を傾げた。

「魂胆って、いいますと……」

「行方知れずって噂を流して、江戸中を浮かれさせておいて、後日取り締まるって、そんな悪巧みをしているんじゃないかって、疑っているのさ」

　お勢の考えを聞き、一八も眉間に皺を刻んだ。

「なるへそ、そりゃ、ありそうでげすね。なにしろ、陰険なことこの上ない御奉行さまですからね」

　お勢の危惧、一八の非難は無理もない。

　奢侈禁止令の取り締まりのため、南町奉行所の隠密同心は小間物屋などに赴き、わざと贅沢品を買い求めた。法度に背くので、店のほうは置いていないと断ると、内密に売って欲しいと懇願し、売ってくれるまで帰らないと、だだをこねる。根負けした店側が贅沢品を売ろうとしたところを、奢侈禁止令違反だとお縄にした。

　このような、罪を作り出すような手法を鳥居は督励した。そうまでして、奢侈禁止令の取り締まりの検挙数を稼いでいたのである。

　しばらく思案していた一八であるが、

「そりゃ、悪く考えたら災いも降りかかるでしょうが、しばらくは大丈夫でげすよ」

と、根拠のない明るい見通しを語った。

「なら、一人で行けばいいじゃない」

　それでも、乗り気にならないお勢に、

「そんなつれないこと、おっしゃらないでくださいな」

一八は顔をしかめた。

「浮かれる気になれないんだって、言っているだろう」

「みなさん、浮かれていますよ。これまでの締め付けがきつかったでげすからね。いいじゃないですか。一晩くらい。お願いしますよ。実は、お勢姐さんと一緒にお邪魔しますって、約束したんでげすよ。ですから、やつがれの顔を立てて、どうかひとつ」

一八は両手を合わせた。

それでも色よい返事をしないお勢に、

「お座敷には大勢の客人がいらっしゃるそうでげすよ。姐さんの三味線と喉を聞かせてやってくださいよ」

「しばらく、人前じゃあ弾いていないからねえ……」

「腕が鈍ってしまいますよ。そうならない内に……」

一八は三味線を弾く真似をした。

「そうねえ……」

お勢が乗り気になったと見るや、一八は畳みかけた。

「そうだ、お座敷もいいでげすけど、稽古所も再開したらどうでげす」

一八に言われ、お勢は閉じられたままになっている常磐津の稽古所を見やった。庭の隅に建てられた平屋だ。稽古所の看板が寂しく掲げられている。弱日を弾く屋根瓦は所々剝がれていた。

「再開するには、手入れしないといけないね。その費え、馬鹿にならないわ。でもってね、稽古所を開いたら、鳥居が出てきて奢侈禁止令を厳しく取り締まり始めたってんじゃ、元の木阿弥じゃないの」

というお勢の危惧を、

「妖怪奉行は出てきませんよ」

またも不確かな楽観を一八は投げかける。さらに顔を曇らせたままのお勢に向かって、一八は陽気に続けた。

「それに、稽古所の手入れの費用なら、大和屋さんに出してもらえばいいでげすよ」

「大和屋さん……」

「五日のお座敷に呼んでくださる、分限者でげす。日本橋の両替商さんなんですがね、奢侈禁止のせいで不景気な江戸にあっても、やたらと羽振りがいいって評判なんでげすよ。五日のお座敷、大事でげすよ」

一八はお勢も座敷に出るつもりになっている。

「大和屋さん、そんなに景気がいいんだ」

お勢は興味を抱いた。

祝儀にありつけるというより、大和屋が儲けていることに興味をひかれる。奢侈禁止令の取り締まりと幕府の緊縮財政政策によってもたらされた不景気は、当然、金・銀貨と銭の三貨の流通量を少なくしている。現代のデフレーションが起きているのだ。

三貨の流通が過少とあって両替商も両替の手間賃の減少、貸付先の不足、貸付金の焦げ付きなど、不景気の波に押されているはずだ。それなのに、大和屋は儲かっているのだ。鳥居失踪によって、多少銭や金・銀貨の流通が活発になってはいるのだろうが、急激に利を上げたとは思えない。鳥居失踪とは関係なく、この不景気の中、大和屋は儲けているのだ。

お勢の疑念は一八にも伝わったようだが、

「商いのことはわかりませんが、両替商の中で一番勢いがいいって評判をあちらこちらで耳にしますよ。ほんと、大した分限者のようでげすよ」

何故大和屋が儲けているのかは言わず、一八は期待に目を輝かせている。とにかく、祝儀にありつくことで頭が一杯なのだろう。

よし、大和屋がどんな男なのか、何故儲けているのか、この目で確かめてやろうと思い立った。

「そこまで言うんだったら、お座敷に出てみようかね」

お勢が乗り気になったため、

「そうこなくちゃ」

一八は扇子を開き、お勢をぱたぱたと扇いだ。

「ちょいと、寒いじゃないの」

お勢にむっとされ、

「こりゃ、失礼しました」

一八は自分を扇いだ。

「久しぶりにぱっとできるかね」

お座敷に出る以上、お勢は精々楽しもうと思った。

「ご馳走に上方からの下り酒、飲めや唄えのどんちゃん騒ぎができますよ。あ、そうだ。義助にも声をかけたんでげす。大振りの鯛を料理屋に届けろってね。それと、庵斎先生と春風さんも誘いました」

庵斎と春風も闇御庭番だ。村山庵斎は俳諧師、小峰春風は絵師である。俳諧と絵でお座敷に彩りを添えようと一八は二人を誘ったのだそうだ。二人とも祝儀にありつけると喜び勇んでいるという。

「なんだい、段取りを整えているじゃないの」

お勢は苦笑を漏らした。

「みんなに祝儀が渡るようにって、やつがれの善意でげすよ。ただ、真中さんは誘いようがありませんのでね。まさか、お座敷で剣術を披露してもらうわけにはいきませんからね」

一八は扇子を閉じて帯に挟んだ。

「そういやあ、真中さん、このところ顔を見せないね。気送術の修業でまた山籠もりでもしているのかしら」

お勢は小首を傾げた。

気送術とは、菅沼家伝来の秘術である。呼吸を繰り返し、気を丹田に集め、満ち溢れたところで一気に吐き出す。気送術を受けた者は見えない力によって突き飛ばされ、中には失神する者もいる。

菅沼家の嫡男は元服の日より、気送術習得の修業が始まる。当主について日々、呼吸法、気功法の鍛錬をし、時に一カ月の断食、三カ月の山籠もりなどを経て五年以内に術を会得しなければならない。会得できぬ者は当主の資格を失い、部屋住みとされた。

無事会得できたとしても、術の効力は低い。精々、子供一人を吹き飛ばすことしかできない。しかも、丹田に気を溜めるまでに四半刻（約三十分）ほども要する。気送術を放つ時には全身汗まみれとなりぐったりして、術を使う意味を成さない。

会得後も厳しい鍛錬を重ねた者、そして生来の素質を持った者のみが短い呼吸の繰り返しで丹田に気を集めて大の男を飛ばし、術を自在に操ることができるのだ。外記は三十歳の頃には菅沼家始まって以来の達人の域に達していた。

気送術を受け継ぐのは外記の跡継ぎ、つまり一人娘、お勢の婿となることを意味する。真中とお勢、お互い憎からず思っているのだが、真中の実直さが不器用さに繋がり、二人の距離が縮まらないでいた。

三

話は遡る。

霜月の二十日の夕暮れのことだった。真中正助は神田司町にある関口流宮田喜重郎道場で汗を流した帰り、同門の佐々岡慶次郎から、

「真中氏、軽くいきませぬか」

と、酒の誘いを受けた。

関口流は居合いの流派だが、真中は血を見ることが苦手とあって得意技は峰打ちという少々変わった男だ。それでも道場の師範代を務めるだけあって武芸の腕は確か、それに加えて実直な点が外記に評価され、目下気送術を会得すべく苦闘している。相州浪人、歳は二十六歳、目元涼やかな男前だ。

特別やることはなし、佐々岡の誘いに乗ることにした。寒さひとしおの冬の夕暮れ、燗をつけた酒は何よりのご馳走である。

目についた縄暖簾に二人は入った。長身の佐々岡は鴨居に頭を打たないよう、腰を屈めての入店だ。

暮れ六つ（午後六時）前というのに、満席に近い。八間行灯に照らされた客たちはいずれも笑顔だ。

「流行っておりますな」

佐々岡は驚きを示した。

「贅沢な肴を出さず、関東地廻りの安酒を提供する店ですから、奢侈禁止令の取り締まりの対象になっておらぬのです。それゆえ、安価に飲み食いもできますからな。摘発されない安心と、懐にも優しいとあって、繁盛しておるのでしょう」

真中の説明を感じ入るようにして聞いてから、

「あそこ、座れそうですぞ」

佐々岡は入れ込みの座敷の一角を指さした。真中がうなずくと、佐々岡は座敷に上がり、職人風の男たちに膝を送ってくれるよう頼んだ。男たちが揃ってずれ、真中と佐々岡の席ができた。

燗酒を頼んで、肴は佐々岡に任せた。佐々岡は蒟蒻の味噌田楽と茄子と胡瓜の漬物を頼んだ。最初の一杯目だけはお互いの酌をしたが、あとは手酌となった。

佐々岡は奥羽喜多方藩十万石宇田川備前守元春に仕える、江戸勤番の侍である。剣の腕は相当なもので、長身を利しての大上段からの振り下ろしは強烈だ。国許では、藩主の御前試合で三年続けて第一等となったそうだ。あまりに強いため、四年目からは出場せず、審判になった。

役職は馬廻りなどの番方ではなく、意外にも勘定方である。

やがて、蒟蒻の味噌田楽が運ばれてきた。串に刺された蒟蒻に甘い味噌が絶妙にからみ、ぷりぷりとして酒が進む。食の話題となり、三日前に藩邸で鮟鱇鍋を食べたと佐々岡は言った。

「いやあ、海の魚を食べると江戸に来てよかったと思えますな」

佐々岡は目を細くした。

喜多方藩の領地は海がなく、専ら川魚を食していたそうだ。江戸勤番となって、半年だと佐々岡は言い添えた。

話は弾んだ。といっても、佐々岡が語るのは剣の話題ばかりだ。どうすれば、もっと速い太刀筋になるのか、鑓や長刀の敵にはいかにして立ち向かえばよいのか。

「国許で長刀の使い手と手合わせをしたことがあるのです」

目を輝かせながら佐々岡は語った。真中も剣術の話は大好きだ。

「して、いかになりましたか」

釣り込まれるようにして問いかける。

「長刀に足を掃われては敵いませぬ。そうなっては、間合いを詰められず、手出しできないままに、追いつめられるのが落ちですからな。そこで、拙者……」

佐々岡は試合開始と同時に、一気呵成に間合いを詰め、相手の籠手を打ったのだそうだ。

「奇襲をかけ、うまくいったのですが、これは二度と使えませぬ。やはり、鑓や長刀などの長もの相手では刀は不利です」

真中も賛同してから、聞いた。

「佐々岡どのは、鑓や長刀もおやりになるのでしょう」

長身の佐々岡なれば、鑓や長刀を得物とすればさぞや勇猛果敢な武芸者となるだろう。

「実は大いにやります。かりに戦場に出られたら、やはり、刀や太刀よりは鑓や長刀が断然役立ちますからな」

と言ってから真中の目を覗き込み、

「真中氏は人を斬ったことがござりますか」

と、唐突な問いかけをしてきた。

「いや……ござらぬが……」

闇御庭番の仕事で人を斬ったことはあるのだが、それは伏せなければならない。

「佐々岡どのはあるのですか」

「まあ……やむを得ず……」

と、曖昧に言葉を濁し、佐々岡は続けた。

「人を斬りたいとは思わぬのですが、時に何のための武芸修練かと疑念を抱きます。いくら腕を上げたところで、泰平の世に腕を発揮する場はない。むろん、武芸の鍛錬は武士の魂を磨くためとはわかっております。それでも、虚しくなりますな……ああ、すみません。下らぬ愚痴をお聞かせしてしまって。酒がまずくなりますな」

頭を掻き、佐々岡は詫びた。

「いや、わたしに謝らなくてもよいのです。お気持ちはわかります」

「どうも拙者、武芸については、のめり込んでしまうのです。毎年、国許で殿の御前試合が行われまして、自慢するようで申し訳ないのですが、拙者は三年続けて第一等に成りました」

はにかんだような顔で佐々岡は言葉を止めた。

「以前にも耳にしましたが、それは、大したものですな」

素直に真中は賞賛したのだが、佐々岡は顔を曇らせて続けた。

「領内には霊山があります。冬は雪深くなって、猟師も立ち入れない険しい山なのですが、武神が棲んでいるとされ、御前試合で一等を取った者は、その霊山で半年の間、山籠もりを致します。その間、厳しい修験道の修行を課され、それに耐えた者のみが殿から免状を与えられるのです。家中で無双の武芸者の誉を得るというわけですな。しかし、拙者は三年連続で一等を勝ち取りながら山籠もりを許されませんでした。拙者に何か足りない点があるようなのですが……どうにも悔しい限りです」

かける言葉が見つからず、真中は酒の替わりを頼んだ。

徳利三本が空になり、漬物と蒟蒻の味噌田楽を食べ終えてほろ酔い加減となったところで、

「実は、真中氏に付き合って頂きたい所があるのです」

畏まって、佐々岡は頼んできた。

「ほお……何処ですか」

はしご酒の誘いなら乗ってもいいと、真中は思った。

ところが案に相違して、

「賭場なのです」

伏し目がちに佐々岡は意外な場所を告げた。

「いや、賭場は……」

真中が躊躇いを示すと、

「お願いでござる」

佐々岡は頭を下げた。

「佐々岡どの、賭場なんぞに足を踏み入れてはなりませぬ」

生真面目な真中は強く反対した。

「むろん、拙者とて、博打が悪だとはわかっております。わかっておりますが、それを承知で賭場に行きたいのです。ついては、身勝手を承知の上、真中氏に同行を願いたい。何分にも一人では行き辛いのです」

言葉通りの身勝手さだ。それが不思議と腹が立たないのは、佐々岡の朴訥な人柄と、気を付けてはいるのだろうが、時折出てしまうお国訛りに人柄の好さを感ずるためだ。

「佐々岡どの、何故、賭場なんぞに行きたいと思われたのですか」

「拙者、江戸に出て参って、一度でいいから賭場で遊んでみたいと思っておったのです。それで、よくないことですが、藩邸の出入り商人から賭場を紹介してもらったのです。紹介されながら、情けないことに一人では足を向けられず、こうして真中氏をお誘いした次第です。なに、一度だけ、ほんの一刻（約二時間）、いや、半刻（約一時間）、四半刻だけでもよいのです。それで気が済むのです」

必死の形相で佐々岡は頼んでくる。

無双の武芸者は未知の体験に好奇心と共に恐れを抱いているようだ。それでも行きたがっているのは、怖いもの見たさになっているのかもしれない。

どんな理由であれ、賭場は勧められない。

「一度だけというのが危ういのですぞ。はまり込んでしまうのです」

真中は思い留まらせようとした。

「本当に、一度だけでよいのです」

思いつめたように佐々岡は言い添えた。頭の中は賭場のことで一杯のようだ。

この様子では、賭場に行かないでは済まないだろう。ものは考えようだ。一度、痛い目に遭えば懲りるのではないか。

「わかりました。一度だけですぞ」

真中が承知をすると、

「かたじけない」

佐々岡は満面に笑みを広げた。

「ところで、出入り商人に紹介されたという賭場は……」

「この近くの寺で開帳されています」

所在地は確認済みのようだ。

「では、早速」

佐々岡はそそくさと勘定をしようとした。

割り勘を求める真中にどうしてもここは奢りたいと佐々岡は言い、真中は厚意を受け入れた。

女中が勘定書きを持ってきた。

佐々岡は財布を取り出し、一朱金一枚と十五文を取り出した。勘定方だけあって、一朱金と銅銭を一つ一つ、二度も確かめてから、女中に支払った。女中は意外な面持ちをした。

というのは、身形のいい侍は従者が支払いを済ませ、従者を連れていない侍は財布ごと店の者に渡し、勘定分だけを取らせる。つまり、武士は銭金に触るのを卑しんでいるのである。その癖、金欠で生活に窮している武士は珍しくない。我慢には限界があるだろうに、武士は食わねど高楊枝を決め込んでいるのだ。

佐々岡が銭金に触れるのを躊躇わないのは、勘定方として日々接しているからだろうが、一文単位で間違いはないか確かめるのは、彼の几帳面さを表していた。

店を出た。

身を切るような夜風に吹き晒された。

すると、野良犬が吠えたててくる。闇に溶け込み何匹かわからないが、吠え声からして一匹や二匹ではない。

真中は追い払おうとしたが、

「おのれ！」

佐々岡は甲走った声を発し、抜刀するやすさまじい勢いで振るった。夜陰に刀身が鈍い煌めきを放ったと見えた直後、犬の首が三つ、夜道に転がった。

次いで、情けない声となった残りの犬が逃げてゆく。佐々岡は懐紙で刀の血を拭った。店の格子窓から漏れる八間行灯の灯に浮かぶその横顔に、真中はぞっとした。

尖った目は血走っているが頰は緩み、笑みを浮かべているようだ。犬を斬って、楽しそうである。血に飢えた野獣のようである。

「喜多方藩領内の山でしばしば野良犬を斬ったものです」

言い訳でもするかのように語った佐々岡は元の穏やかな表情に戻っていた。


佐々岡と共に、賭場にやって来た。

神田小川町にある浄土宗の寺院、妙祥寺である。山門を潜り境内を奥に進むと、庫裏の横に細長い長屋のような建物があった。

あれが賭場と聞いていると佐々岡は言った。

玄関を入ると小上がりに帳場が立っていた。

佐々岡はおどおどとし出した。酒の勢いを借り、真中に同行してもらってやって来たものの、いざとなったら怖気づいたようだ。

「やめておきますか」

真中が声をかけると、

「いや、やりますぞ」

佐々岡は自らを奮い立たせるように足早になった。真中も続く。

帳場で金子を駒に替えた。帳場では佐々岡が来ることを承知していた様子で、名を告げるとすぐに案内された。佐々岡は一両分、真中は付き合うため、一分だけ駒にした。二人は賭場に入った。

意外にも静かだ。鉄火場と称される賭場特有の殺気立った空気が漂っていない。それは客のせいだと真中は思った。そう多くない客は、賭場に入り浸るやさぐれた連中ではなく、黒紋付を重ねて上品な雰囲気を醸し出している。一見して、大店の旦那衆だ。ただ旦那衆だけに一勝負に賭ける金額は大きい。一分や二分、一両分の駒を丁、半いずれかに張っていた。張る際も、勝負がついた時も決して大きな声を出さない。みな、淡々と博打を楽しんでいた。そのせいで、盆茣蓙の前の胴元や壺振り、客の世話役たちも博徒ながら荒々しくはなかった。

ごく少人数の客だけを相手にしている賭場なのだろう。だから、摘発を免れているのかもしれない。

佐々岡も初めの内こそがちがちに緊張していたが、賭場の雰囲気のよさで気持ちが解れたようだ。そうなると、武芸者の勝負勘が発揮されたようで、勝ちに勝った。

「いやあ、十両ですぞ」

すっからかんになった真中を他所に佐々岡ははしゃいだ。無理もない。一両が十両になったのである。ものの一刻ほどで持ち金が十倍になった。佐々岡ならずとも、喜びに酔いしれる成果だ。

ただ、味をしめた佐々岡が博打にのめり込んでしまうのではないかと危惧される。

「これで、満足されましたな」

真中は念押しして自戒を求めた。

「もちろんです。もう、二度としません。拙者とて、自分に博打の才がある、などとは思っておりませんからな」

幸いにして謙虚な姿勢を佐々岡は示した。ほっとする思いだ。ところが、佐々岡は思い詰めたような顔になった。

「真中氏には打ち明けますが、実は賭場に来たわけは、御家の公金に手をつけてしまったからなのです」

意外なことを佐々岡は告白した。

佐々岡は続けた。

「国許の妻が重い病に罹ってしまい、その薬代を工面できず、つい、御家の公金に手をつけてしまったのです。言い訳できないことです」

「では、その金を補うために博打をしたのですか」

「情けないことです」

佐々岡のことだ。御家の公金に手をつけたことを悩み抜いていたに違いない。

「いやあ、これで、御家を追い出されずに済みます。家内にも薬を買ってやれます」

財布から小判十枚を取り出し、佐々岡は喜びを表した。一枚一枚確かめるようにして、丁寧に財布に仕舞う。

「賭場には、二度と足を踏み入れてはなりませんぞ」

真中は釘を刺した。

「わかっておりますとも」

佐々岡は胸を張った。

四

その八日後の霜月二十八日、江戸のとある屋敷に鳥居耀蔵は監禁されていた。

「おい！」

鳥居は大声を放った。

後ろ手に縛られている。目隠しもされていた。三日前の朝、鳥居は上野寛永寺を詣でた。

参拝を終え、待たせてあった駕籠に乗ったところ、南町奉行所の方向とは違う道を進む。訝しみながら、寒さ凌ぎにと用意された茶を飲んだ。その茶に、眠り薬が盛られていたのだ。

目が覚めた時は目隠しをされ、後ろ手に縄で縛られていた。何処ともしれない屋敷だ。ただ、鐘の音が聞こえるから、上野もしくは浅草、日本橋石町の周辺かと想像できる。気配からして、離れ座敷に監禁されたようだ。

男が入ってきた。

「飯だ。腹が減ったぞ」

鳥居は怒鳴った。

「さっき食べたばかりじゃないですか」

気圧されるように、男は言い返した。

「さっきだろうが、昨日だろうが腹が減った。何か食わせろ。申しておくが、先程のまずい握り飯は駄目だぞ。そもそも握り飯は食い飽きた。わしをかどわかして三日、毎日、三度三度握り飯では飽きもするではないか」

「そんなことおっしゃったって……」

男は途方に暮れた。

両手を縛ったままでは、握り飯が丁度いいのだ。飯を食べさせてもらえるだけでも感謝してもらいたい。

それに、鳥居は月代や髭を剃ることも要求する。鳥居の世話役を任された男は、渋々月代と髭を剃っている。その際は、刃物への恐怖心からか、鳥居は大人しくしている。さすがに湯には入れないが、身体を拭いてやってもいた。

こんなに大事な扱いを受ける人質はいないと、男は内心で毒づいている。

「まあ、よい。早く用意をしろ。但し、先程よりは美味いものにせよ」

鳥居にきつく注文をつけられ、

「美味い握り飯ったって……」

男が困惑すると、

「梅干しくらい入れろ。それから、おまえ名前は何といった。本名でなくともよい。名前なしでは、やり取りがし辛いからな」

鳥居は言った。

「猪之吉ですって。何度も教えましたよ」

「ふん、猪か。猪にしては愚鈍よな。鈍牛じゃ。牛吉、急げ」

「ですから、猪之吉ですって」

辟易しながら男は離れ座敷を出た。

庭を横切り台所に入った。女がいた。

「妖怪奉行さま、大人しくしているかい」

「我儘ったら、ないよ。妖怪め。好き放題なことを言いやがる。あんな奴、人質に取らなきゃよかったよ」

猪之吉は舌打ちをした。

「本当だよね」

女も賛同した。

「お軽姐御、いつまで妖怪を預かっておくんですか。もう、三日ですぜ。世間じゃ、妖怪奉行さまが行方知れずだって噂が流れて、浮かれ騒いでいる連中もいるそうですよ」

お軽も渋い顔となって返した。

「お頭次第だよ」

「早いとこ、身代金をもらって、返してやりましょうよ」

「いっそ、返さずに殺してしまおうか。その方が世のため、人のためさ」

お軽は言った。

「そうですよ。江戸中の民から感謝されるのは間違いないですよ。南の御奉行所の役人連中だって、鳥居に帰ってきてもらいたくないって思っていますぜ」

猪之吉も諸手を挙げて賛同した。

「でも、身代金をせしめてからだよ。それまでは、大事な人質さ」

「いくらくらいもらいましょうかね」

へへへと猪之吉はにんまりとした。

「そうさねえ、南の御奉行さまだものね。千両はもらわないとね」

お軽の考えに、

「そうですよね。千両は頂戴しないといけませんよね」

猪之吉も納得した。

「で、何か食いたいって言ってたんだろう」

「普通、かどわかされたんだから、飯なんか喉を通りませんよね。それが、腹が減ったとか、まずいとか、もっと美味いもの食わせろとか、好き放題言いやがって、一体どういう神経をしているんだか。やっぱり、ありゃ、人じゃないかもしれませんよ。正真正銘の妖怪なのかも」

猪之吉は肩をそびやかした。

「しょうがないね、握り飯をこさえるかね」

お軽は小さくため息を吐いた。

「あっ、梅干しを入れろ、ですって」

猪之吉が鳥居の注文を言うと、

「うるさい男だね」

お軽は眉間に皺を刻んだ。


猪之吉は梅干し入りの握り飯を皿に載せて離れ座敷に戻った。

「縄を解け」

鳥居は高飛車に命じた。

「そりゃ、できませんって、何度も言っているじゃござんせんか。無理ですって。鳥居さまは人質なんですよ」

「人質ならば、早く身代金を要求して、さっさと解き放て」

鳥居は命じた。

「わかってますよ。これから身代金を要求します」

「いくら要求するつもりじゃ」

「千両……を、と」

おずおずと猪之吉が告げると、

「千両だと！　馬鹿者！」

鳥居は癇癪を起こした。

「す、すみません。いくらなんでも、千両は取り過ぎですよね」

慌てて猪之吉は詫びた。詫びてから、どうして人質に身代金について文句をつけられるのだと不満を抱いた。それでも、それを口に出せない。

「少な過ぎるのじゃ」

鳥居は鼻を鳴らした。

思ってもいなかった鳥居の反応に、猪之吉はどぎまぎしながら問い直した。

「そ、そうですか、で、では二千両……ということで、いかがでござんすかね」

「わしを誰だと思っておる。鳥居甲斐守じゃぞ。御老中水野越前守さまの右腕じゃ」

まだ鳥居は満足しない。

よおし、こうなったら思い切って吹っ掛けてやろうと猪之吉は覚悟を決めて言った。

「三千両！」

「少ない！」

まるで魚河岸の競りのようだ。

気分が高揚して猪之吉は値を吊り上げた。

「四千両では」

「もうひと声……ま、五千両で勘弁してやるか」

鳥居は結論づけた。

「五千両ですね。わかりました」

なんだか不思議な気分になる。

「身代金の請求先はな、南町の内与力藤岡伝十郎にするのだぞ。念のために申しておくが、内与力は奉行所に属してはおるが、わが鳥居家の家来じゃ。よって、身代金がいかに高額であろうと主人のために必ず工面する。わかったな」

鳥居は命じた。

「承知しました」

猪之吉は離れ座敷を出た。

台所に行き、お軽に言った。

「身代金、五千両になりましたよ」

「五千両……そりゃまた、目もくらむような大金じゃないか。あんた、よくもそんな大金、鳥居に呑ませたね。いやあ、あたしは見直したよ」

お軽はしげしげと猪之吉を見た。

褒められても渋面（じゅうめん）となって猪之吉は返した。

「それがね、五千両ってのは、鳥居の方から言い出したんでさあ。いやあ、鳥居ってのはほんと、どういう神経をしていやがるのか」

と、五千両になった経緯（いきさつ）を語った。お軽も呆（あき）れ返った。

「桁違（けたちが）いのお人ってことさ」

お軽は言った。

「桁違い過ぎますぜ。で、身代金の請求先は藤岡伝十郎って、内与力ですってよ」

「わかったよ。じゃあ、あんた、文（ふみ）を書きな。で、南町に届けるんだ」

「姐さん、あっしゃ、字が書けないんですって」

「ああ、そうだったね。……ったくもう、そんなことだから、人質に舐（な）められるんだよ」

お軽は不満そうに言い立てた。

「とにかく、頼みますよ。さっさと、身代金を分捕（ぶんど）って、妖怪奉行とはおさらばしたいですよ」

しみじみと猪之吉は言った。

すると、袷（あわせ）を着流した侍が入って来た。背の高いがっしりとした身体つき、精悍（せいかん）な顔立ちだ。

「お頭」

猪之吉は鳥居の難物(なんぶつ)ぶりを語ってから、

「五千両を身代金に要求しろっていうんですからね、つくづく変わった御仁ですぜ」

持て余したことを言い立てた。

「よし、五千両をせしめようではないか。さすがは、妖怪奉行だ」

侍は言った。

「で、五千両をせしめたら、どうするんですか。鳥居を生かして返すんですか」

お軽は確かめた。

「そのつもりだが……」

答えながら侍は目でお軽にそれがどうしたと問いかけた。

「でも、鳥居はあたしたちを捕まえるよ。そんでもって、江戸市中引き回しの上、打ち首になっちまうよ」

お軽は自分の首筋を手刀で打った。

「その通りですぜ」

猪之吉も侍の考えに反対した。

「鳥居は自分がかどわかされたなど、恥ずかしくて表沙汰にはできないぞ」

「それは普通の男の感覚ですよ。妖怪奉行さまは普通の人間の神経じゃないんですから」

猪之吉は呆れるように両手を広げた。

「まあ、異常な男であるのは間違いないな」

侍は愉快そうに笑った。

「まったく、笑っている場合じゃございませんよ」

猪之吉は侍を恨めしそうに見返す。

「もう少しの辛抱だ」

「でも、五千両なんて大金、見たことないものね」

お軽は夢見心地となった。

「本当ですね」

猪之吉も捕らぬ狸の皮算用を始めた。

「そうだ。五千両を抱く夢でも見ておれ。但し、身代金の要求はしばし待て」

「待てって、おっしゃいますと、いつまで……」

猪之吉はお軽と顔を見合わせてから、侍に問いかけた。

「そうさなあ……来月の五日あたりに要求しろ」

という侍の答えに、

「来月の五日まで妖怪の守りをしなけりゃ、ならねえんですか」

猪之吉はうんざりとなった。

「妖怪と思うな。人ともな。千両箱が五つ積んであると見ればよかろう」

侍は声を放って笑った。

五

師走五日の朝、藤岡伝十郎は驚愕した。

奉行所役宅の裏庭に投げ文があり、鳥居をさらった一味が身代金として五千両を要求してきたのだ。すでに先月の二十五日に、鳥居をさらった、後日、身代金を要求する、下手な動きはするな、との投げ文があった。文には鳥居の印籠が添えられており、かどわかしが偽りではないとわかった。

かどわかしから十日も経ち、やっとのことで一味から身代金の要求があった。

鳥居をさらっておいて、一味は十日も何をしていたのだと気になったが、とにもかくにも五千両を何とかしなければならない。

という次第で、藤岡は水野忠邦を訪ねた。

書院で水野の引見を受けた藤岡は、鳥居をさらった一味が五千両の身代金を要求してきたことを話した。

「五千両か、ずいぶんと吹っ掛けてきたものじゃな」

水野は苦笑を漏らした。

「ですので、五千両を用立てたいと存じまして……こうして、水野さまをお訪ね申し上げました」

おずおずと藤岡は頼んだ。

「公儀に用立てよと申すか」

水野は口を曲げた。

「は、はい」

上目遣いとなり、藤岡は首肯した。

「たわけが！」

水野はぴしゃりと拒絶した。

「し、しかし……」

「公儀が身代金など出せるものか。それにな、町奉行がかどわかされたなど、公儀の体面にかかわるものぞ。それが表沙汰になれば、鳥居は町奉行を辞さねばならぬ。それでよいわけがなかろう」

　水野は厳しい声で言った。

「もっともでございます」

　藤岡は額(ひたい)に脂汗を滲(にじ)ませた。

「それより、鳥居が行方知れずであると、江戸市中で噂が流れておるようじゃ」

「承知しております」

「その噂のせいで江戸市中が緩んでおる」

　不快げに水野は言い添えた。

「それも、わかっております」

「ならば、どうして取り締まらぬのだ」

　強い口調で水野は問い詰めた。

「かどわかした者たちから提示されました御前(ごぜん)の引き渡し条件に、奢侈禁止の取り締まりを緩めよというのがあったのでございます」

　藤岡は言った。

「なんと」

水野はむっとして口を閉ざした。

藤岡も言葉の接ぎ穂をなくし、うなだれるばかりだ。

「ならば、下手人どもは奢侈禁止令に不満を持つ者じゃな。わしの改革に抗う者ということは、すなわち公儀に弓引く者ぞ！ ……とは申せ、大塩平八郎の如き、叛旗を翻すほどの者どもではあるまい。身代金目当ての下衆な連中であろう。しかし、このまま放置しておくわけにはいかぬぞ」

どうするのだと水野は詰問した。

「身代金を支払えば、御奉行は戻ってこられます。さすれば、直ちに一味を一網打尽に致します」

苦し気に藤岡は答えた。

水野は不満げであるが話題を変えた。

「なまじ、鳥居の締め付けが強かったがために、町民どもの浮かれようは異常じゃ」

「まさしくです」

藤岡はおそるおそる賛同した。

「加えて、不届き極まることに、目下、贋金が出回っておるのだぞ」

水野の言葉に藤岡は驚愕の目をした。

「馬鹿め、町奉行所の内与力がそんなことに気がつかないのか。南町の同心ども、町廻りを怠っておるのではあるまいな。鳥居が不在で、町人どもばかりか、奉行所の役人どもも箍が緩んでおるぞ。まったく、呆れた者どもじゃ。畏れ多くも上さまのお膝元たる江戸の市政を担っておること、心せよ！」

水野は怒りを増幅させた。

嵐が通り過ぎるのを耐える稲穂のように、藤岡は畳に額をこすりつけ固まってしまった。

息を深く吸い、気を落ち着かせてから水野は続けた。

「贋金が出回れば、物の値は上がる。今、町人どもは浮かれ騒いでおる。ここぞとばかりに、贅沢な品を買い、酒宴を催しておるのじゃ。これでは、物の値はとめどなく上がり、公儀の台所は傾く一方じゃぞ。わしが改革を進めておるのは、ひとえに公儀の台所を潤わせるためじゃ。公儀の台所が富まなければ天下は治まらぬ。西洋諸国から日本を守れぬのじゃ。贋金なんぞばら撒く者ども、わしの苦労を台無しにするつもりか」

「おおせの如くにござります」

額の汗を畳に滴らせ藤岡は賛同した。

「事は急を要する。いち早く鳥居を取り戻し、贋金造りの者どもを摘発せよ。いや、鳥居が戻らずとも、贋金の流通を阻止するのじゃ」

水野は焦りを募らせた。

藤岡は恐る恐る顔を上げて問いかけた。

「公儀の台所はそんなにも傾いておるのでしょうか」

水野は不機嫌なまま答えた。

「わしの改革により、持ち直してはおるがまだまだじゃ」

「海防には多額の出費を要します」

訳知り顔で藤岡は話を合わせる。

「それればかりではない。来年には上さまの日光東照宮参拝を予定しておる」

「上さま、日光に詣でられるのですか」

藤岡は感心し、且つ驚いた。

将軍の日光東照宮参拝には莫大な費用が発生する。このため、財政難を理由に、久しく行われていない。前の日光社参は安永五年（一七七六）、十代将軍家治の頃だ。来年実現すれば、実に六十七年ぶりとなる。

先代将軍家斉は歴代将軍最長、五十年の長きに亘って将軍の座にあったが、ついに日光社参は叶わなかった。

「上さまの日光社参が行われれば、徳川の威光は西洋諸国にも伝わる。何としても実現せねばならぬ。それには、公儀の台所が揺らいではならぬのじゃ」

水野の切れ長の目に、信念の炎が立ち上っている。

「まこと、水野さまの大いなる志、感服致しました。そのことを胸に、贋金摘発に動きたいと存じます」

「しかと頼む。わしもな、上さまの日光社参を差配したなら、白河楽翁を超えることになるのじゃ」

水野にしては珍しい陶然とした表情となっている。白河楽翁とは松平定信である。老中首座、将軍補佐役として寛政の改革を推進した。水野の改革は定信の改革を手本としている。定信も奢侈禁止、贅沢華美を戒め、質素倹約を旨として財政再建に取り組んだ。その定信でも時の将軍家斉の日光社参を実現できなかった。

それを自分が成し遂げるのだ、と水野は固く誓っているのだ。

藤岡は出入り商人からの借り入れにより、何とか五千両を用立てるべく奔走した。

同心たちには鳥居をかどわかした下手人探索を行わせているが、はかばかしい報告はない。懸命に探索をしているのだと同心たちは申し立てているのだが、藤岡は薄々わかっている。彼らは鳥居に戻ってきてもらいたくはないのだ。

もちろん誰も口には出さないが、与力、同心、中間、小者、さらには手札を与えている岡っ引に至るまで、鳥居が戻るのを望む者はいない。

「こういう時にこそ、人望のなさが応えるのう」

顔をしかめ、藤岡は舌打ちをした。

六

お勢と一八は大和屋利兵衛のお座敷に出た。日本橋の高級料理屋の二階で、盛大な宴が繰り広げられた。

利兵衛と懇意にしている商人ばかりか、出入り先の喜多方藩十万石宇田川備前守元春の家臣もいた。いずれも勘定方に属し、彼らをもてなすため、大勢の芸者が呼ばれていた。

奢侈禁止取り締まりの最中としては、考えられない豪勢な宴である。

これでもかという馳走が供され、賑やかな音曲に彩られた。鯛の塩焼き、鯉の洗い、雉焼、河豚汁、鶴の吸い物、松茸飯、奢侈禁止令の取り締まりがなくても、庶民の口には入らない料理が、輪島塗の漆器や古伊万里の絵皿で供されている。箸をつけるのが勿体ないくらいだ。

一八は絶好調になってよいしょをしまくっている。

「さあ、飲んで、食べて」

利兵衛は三十代半ば、商人として脂が乗っている。とは言っても、細面(ほそおもて)でなで肩、目尻が下がった優し気な面差(おもざ)しとあって商人というよりは役者のようだ。招待した客の間を柔らかな物腰で酌をして回っていた。

「いやあ、楽しいでげすよ」

仕事を忘れたように一八は言った。

お勢も利兵衛から酌をされ、いい気分になって頬を染めた。すかさず一八が、

「旦那、お勢姐さんは、常磐津の稽古所をなさっているんですよ」

利兵衛はにやっとして、

「そうかい、そりゃ、いいね。あたしも習いたいね」

「いいでげすね。大和屋さんが稽古に通ってくだされば、こりゃ、いい話ですよ」

一八が言うと、

「ちょいと、一八さん。旦那はね、話を合わせてくださっているんだよ」

お勢はいなした。

ところが、

「いや、そんなことはないよ。あたしは本気だよ」

真顔で利兵衛は言った。

「おや、ありがたいでげすよ」

一八は煽り立てる。

「旦那、そんなお上手はおっしゃらないでくださいよ」

お勢はやんわりと言った。

「本気だって」

利兵衛は語調を強めた。

宴は益々賑やかになった。

お勢の三味線の音色も華やかになってゆく。

「うん、いい音色だね」

利兵衛はうっとりとなった。

「いよ、すごい」

一八のよいしょも益々好調だ。

「年の瀬や妖怪去りてくる宝船」

村山庵斎が句を捻った。

村山庵斎、表向き俳諧師を生業としている。歳は外記より五歳上の五十五歳。焦げ茶色の宗匠頭巾を被り、黒の十徳、袴に身を包んでおり、いかにも俳諧の師匠といった風である。口と顎に豊かな白い髭を蓄え、柔和な目、外記とは四十年以上のつき合いで、右腕である。

その庵斎の横で芸者の絵を描いている男がいる。小峰春風、絵師で生計を立てている闇御庭番だ。口と顎に真っ黒な髭を蓄えた中年男である。庵斎と同様、身に着けているのは十徳だ。絵は独学だが、その写実的な画風は、人であろうと建物、風景であろうと正確無比に描き出すことができる。

座敷は乱れてきた。

どれほどの金が落とされるのだろうかとお勢は利兵衛の懐が心配になった。

「妖怪奉行さま、このままいなくなってくだされぱいいでげすよ」

お勢の心配も知らず一八は言った。

「まったくだね、あのお方が御奉行さまでいらっしゃる内は、不景気で仕方がないよ。景気、不景気は気の持ちようだからね。陰気な御奉行さまじゃ、あたしたち民も気が晴れない、晴れなきゃ景気もよくならないさ」

利兵衛も鳥居の悪口を並べた。

「含蓄(がんちく)のあるお言葉でげすよ」

一八は扇子で利兵衛を扇いだ。

「妖怪はあの世で暮らせばいいんだ」

興に乗った利兵衛の言葉に、

「その通りでげすよ」

一八も合わせる。

「さあ、みんな、持っていきなさい」

利兵衛は小判を撒き始めた。みな、歓声(かんせい)を上げ小判を拾い始めた。一八も懸命に拾うが、お勢は気持ちがさめていった。

小判を撒き終えた利兵衛はしかし、お勢と一八の前に憮然(ぶぜん)として座った。何か不都合なことでも生じたのだろうかと、お勢はいぶかしんだ。一八も敏感に察し、

「ほんと、旦那は懐が温かくて深いでげすね。みんなの気が晴れて、景気もよくなりますよ」

と、よいしょをした。

利兵衛は世辞(せじ)への礼を言ってから、

「さっき、おまえさん、含蓄のあるお言葉って言っただろう」

「いや、そうじゃないんだ。小判を撒いている内にね、小判に含まれる金の量を思ってしまったんだよ」

一八はぺこりと頭を下げた。

「お気に障りましたか」

「お上はね、古い小判の回収を求めているんだ」

利兵衛は小判を畳に置いた。

天保八年（一八三七）に発行された天保小判である。

幕府は小判に含まれる金の量を変える、いわゆる貨幣改鋳を度々行ってきた。金の量を少なくし小判の流通量を増やすことで、得る利益を出目といい、幕府財政を補う策として実施されてきたのだ。最初に行われたのは、元禄八年（一六九五）で、慶長小判の三分の二ほどの金の含有量にされた。その後、正徳四年（一七一四）、これをよしとしない新井白石の、金の含有量は神君家康公が定めた量にすべし、との提言によって、慶長小判並みに一旦戻された。

が、幕府財政の悪化により、それが守られることはなく、元文元年（一七三六）、文政二年（一八一九）の改鋳のたびに金の含有量は減り、天保小判に至っては慶長小判の四割強にまで減っている。

幕府は改鋳を行うたび、旧小判と新小判を交換するための引換所を設け、旧小判の回収を推進した。ところが、回収は進まず、旧貨幣を貯め込む者は後を絶たない。旧小判が通用する期限を設けても、金の含有量に固執する者は手放そうとしない。

天保小判が発行されて五年、まだ元文、文政小判が回収しきれていなかった。

「旧小判をね、回収せよって、うるさいんだ。お上にしたら、元文や文政の小判を回収して金を得たいんだろうがね。それでね、通貨は使われてこそのお宝だ、使われなくては宝の持ち腐れだって、町触れまで出たんだ。一方じゃ、贅沢を取り締まっておいてさ、金は使えってことだろう。まったく、言うこととやっていることが違うんだよ」

利兵衛はぼやいた。

その隣では、庵斎と春風、それに義助も小判の祝儀に与り、ご満悦となっている。届けた鯛の立派さが評判となり、義助は得意になって魚河岸の賑わいを語った。

喜多方藩勘定方組頭という花田平九郎と庵斎は打ち解けた話に及んでいる。というのは、

「村山師匠のご高名は聞き及んでおりますぞ」

と、花田から声をかけられたのがきっかけである。

庵斎は武家屋敷、大店の商人宅、寺社などで催される句会に巻物を持参して出席してきた。巻物には庵斎の手による日本俳諧師の師弟関係図が記してある。

室町時代に活躍した山崎宗鑑を起点とし、江戸時代に入ってから松永貞徳、西山宗因、井原西鶴、松尾芭蕉、与謝蕪村、小林一茶らの名が書き連ねられ、最後に、「村山庵斎」の名があった。

著名な俳諧師の名が記されているが、そのあいだに聞いたこともない、もっともらしい名前が書かれている。作風も流派もばらばらの有名俳諧師を無理やりつないである代物だ。大名家の系図と同様、もっともらしく偽造された系譜である。

そんないんちき系統図を句会に持ち込んでは、自分が日本の俳諧文化の正統を受け継ぐ者であると、口八丁手八丁で同席の者に信じ込ませてきた。そのため、村山庵斎はそれなりに江戸市中では知られた俳諧師となっている。花田もそんな庵斎の評判を耳にしたのだろう。

ところが、庵斎は意外な気がした。見たところ花田は六尺（約百八十二センチ）近い偉丈夫、浅黒く日に焼けた顔、がっしりとした身体つき、勘定方というより、馬廻り役が似合いだ。そんな花田が俳諧に興味を持っているとは。

人を見た目で判断してはならないと、庵斎は自戒して言った。

「花田さまは、俳諧をなさるのですかな」

「下手の横好きというやつです。大和屋も好きなので、折に触れ、同好の士が集まって、駄句を捻っております。ご都合よろしき時、是非とも御指南くだされ」

慇懃に花田は頼んできた。満更、社交辞令でもなさそうだ。

「喜多方の地は風光明媚、俳諧を捻るにふさわしいですな」

「国許にいらしてくだされば、歓待致しますぞ。そうじゃ、そちらの絵師……」

花田に視線を向けられ春風は名乗った。

「小峰どのも喜多方の山々、湖を絵に描いてくだされ。磐梯山、錣山、絵に描くに不足はありません」

花田に言われ、

「それは楽しみですな。村山師匠と一緒に行きたいものです。それにしても、錣山とは珍しい名ですな」

春風も上機嫌になった。

「藩内では霊山として知られております。冬は雪が深くなり、人は立ち入れません。地元の猟師でも避けるほどです。武芸を極めるには錣山で山籠もりをしなければならないとされているのです。藩主の御前試合で第一等となった者の中からさらに選ばれた者のみが錣山での山籠もりを許されるのです。山に籠もった後には山の神の御加護を得られ、武芸者の頂きに達することができるのです」

誇らしげに花田は語った。

「花田さまは、鉱山に山籠もりをなさったのでしょうな」

庵斎の問いかけに、花田は首を縦に振るに留めた。次いで、小判を手に取り、しみじみとした口調で続けた。

「拙者、勘定方になるまで小判はおろか一分金も見たことがありませんでした。国許では銭か精々、一朱金、あるいは藩札で事足りましたからな」

「勘定方に成られたのはいつですかな」

庵斎は小判を財布に仕舞った。

「五年前ですな。江戸に出府(しゅっぷ)してまいって二年です。勘定方になるまでは、城の警固役ゆえ、専ら武芸鍛錬の日々でした。勘定方に転じ、風流を解そうと俳諧を始めたのです。当家は武芸一辺倒の家臣が多うございましてな、荒々しい気性を改めさせるために俳諧を奨励(しょうれい)しようと思っております」

静かに花田は言った。

「いや、泰平の世にあって、武士の魂を忘れないご立派な方々が多数おられるのでしょう」

庵斎は無難に返した。

七

霜月の二十三日、初めて賭場を訪れて三日後、佐々岡慶次郎は妙祥寺の賭場にいる。妻の薬代と御家の金は穴埋めをし、それが気を楽にしたこともあって、博打に魅入られてしまったのだ。

今回も勝つような気がしてならない。

帳場で金を駒に替えようとした。

「佐々岡さま、またのお越しをありがとうございます」

博徒も佐々岡を歓迎している。この賭場を仕切る、末吉（すえきち）という男だ。

佐々岡がうなずき返すと、

「佐々岡さま、今日はもっと、大きな勝負をなさってはいかがですか」

「いや、拙者、所持金は一両と少しばかり。分相応（ぶんそうおう）の博打をしたい」

それがせめてもの戒めだと、佐々岡は言い添えた。

「任せてくださいよ」

末吉は意味深（いみしん）な笑みを浮かべた。

「任せるとは」

警戒心を呼び起こし、佐々岡は問い返す。

「いえね、佐々岡さま、賭場に来たのは三日前が初めてだっておっしゃいましたね」

「ああ、そうだが……」

「あっしらもね、ずいぶんと賭場を開帳してきたんですがね、佐々岡さまくらい博打の才をお持ちの方を見たことありませんよ」

抜け抜けと末吉は世辞を言った。

「何を申すか」

佐々岡は苦笑を漏らした。

「いえ、世辞でも何でもないんですよ」

末吉は大きくかぶりを振る。

佐々岡は警戒心を強めた。

「十両、お貸ししますよ」

やおら言うと末吉は十両分の駒を用意した。

「いや、それには及ばぬ」

佐々岡は遠慮したが、末吉は聞き入れず、どうぞお使いくださいと重ねて言った。とりあえず受けておいて使わなければいいのだと、己に言い訳をし、佐々岡は駒を受け取ると、賭場へと入った。

末吉は佐々岡を酒でもてなした。

佐々岡の一勝負への賭け金が大きくなっていった。

結局、五十両になった。換金すべく立ち寄った帳場で末吉に、

「いやあ、佐々岡さま、やっぱり博打の才が抜群でいらっしゃいますよ。すごいな」

「たまたまだ……ついておっただけのこと」

「運も実力の内っていいますからね。きっと」

おだてとわかっていても、佐々岡は悪い気はしなかった。

それ以来、佐々岡は真中の前から姿を消した。あれほど稽古熱心だったのに、道場に顔を見せなくなったのだ。

八

師走五日、鳥居をさらった一味から五千両もの身代金が要求された夜、外記は深川の富岡八幡宮近くをそぞろ歩きしていた。

世の中、締め付けの反動で景気が浮揚していた。このまま鳥居が行方知れずとなれば、あるいは本当に死んだのであれば心配はないのだが、と、外記は不安を抱きながら永代橋近くの寺院を覗いた。

冴え冴えとした寒月を見上げながら、夜道を急いだ。

すると、何やら人影が蠢いている。

なんとも異様な風体の者たちだ。みな、唐人服に身を固め、首領格と思しき男は胸まで顎髭を伸ばし、手には青龍偃月刀を持っていた。まるで三国志の英傑関羽のようである。配下の者たちも弩、青龍刀、矛といった唐人の武器を所持していた。

「何者」

外記は危機感を覚えた。

芸人一座ではない。彼らの放つ殺気が、ひしひしと迫ってくる。

まさか本物の唐人ではないだろう。

唐人一味は一軒の家の前にいる。この界隈では知られた博徒の家である。奢侈禁止令が強化されてからのち、賭場は開帳されていなかった。大人しくしていた博徒たちだが、いまやあちらこちらの賭場が開帳されている。

唐人一味は博徒の家に入っていった。黒板塀が巡った百坪ほどの一軒家である。

外記も忍び入り、庭木の陰に回る。

関羽さながらの頭目は入り口の戸を蹴破った。

家の中が騒がしくなりどやどやと博徒や用心棒たちが出てきた。

博徒たちは唐人一味を見て唖然となったものの、

「てめえら、何だ」

怒りの形相でわめき立てた。

怒鳴り続ける博徒に向かって関羽は青龍偃月刀を振るった。

博徒の首がぽとりと落ち、鮮血が飛沫となって仲間の顔を真っ赤に染めた。

次いで悲鳴が起きる。

唐人たちの弩が発射された。青龍刀が用心棒たちに襲いかかる。

唐人たちは家の中に押し入った。

家の中から阿鼻叫喚の響きが聞こえてくる。

外記は茫然と立ち尽くしたが、はっと我に返り、敵の襲撃に備えた。左手を腰に添え、右の掌を広げ前方に突き出す。口から小刻みに息を吸うと一旦呼吸を止め、そして、ゆっくりと息を吐き出す。全身を血潮が駆け巡り、厳寒の夜にもかかわらず外記の頬は火照った。顔は紅潮し、双眸が鋭い輝きを放つ。

丹田は気で満ち溢れた。

すると、数人の男が外記に気づいた。彼らは弩を外記に向けてきた。

外記は腰を落とし、右手を引っ込めた後、

「でやあ！」

大音声と共に、強く突き出した。

闇の中に陽炎が立ち上り、敵を包み込んだ。

敵は揺らめき、稲妻のような音が轟いたと思うと、相撲取りに突っ張りを食らわされたように後方に吹き飛んだ。

外記は敵に近づこうとした。

すると、家から火の手が上がった。たちまちにして炎に包み込まれる。

怪し気な連中は逃げ去った。


あくる日の朝、永代橋の袂に千両箱が積まれた。高札が立ててあり、この金は博徒が集めた金ゆえ、欲しい者は遠慮せずに持って帰れ、とあった。

黄金党首領錣一刀斎、と記してあった。

庶民は大喜びで小判を手づかみにし、奪い合いが始まった。

なんとも醜い争いになった。

黄金党と錣一刀斎の名前はあっという間に庶民の間に広まった。


そのあくる日の朝、公儀御庭番村垣与三郎が外記を訪ねてきた。橋場鏡ヶ池を見下ろす小高い丘の上にある外記の自宅である。二百坪ほどの敷地に生垣が巡り、庭に大きな杉の木が二本植えられている。元は、商人の寮であった。そのため、藁葺き屋根の百姓家のたたずまいを見せていた。

朝の日差しが差し込み、縁側をやわらかに温めていた。

村垣は表御用を担う公儀御庭番だ。闇御庭番となった外記と将軍徳川家慶の繋ぎ役でもある。紙屑屋に扮し、木戸門から入って来た。

縁側に並んで腰かけ、

「外記どの、世の中、おかしくなっております」

村垣は言った。

「黄金党、錣一刀斎ですか」

一昨日の夜、外記は錣たちの行いを目撃したことを語った。

「外記どのの目からご覧になって錣一刀斎、いかなる者たちでしたか」

「唐人装束に身を固め、持っておる武器も唐土のものでした」

「そんな目立つ者たちなら、すぐにも捕まえられるでしょうか」

村垣は思案をした。

「錣一刀斎の黄金党が単独であれば、捕まえられるでしょうが、もし、奴らの背後に何者かが、いるとしたら」

「黒幕がいるということですね」

村垣も外記の考えに同意した。

しばしの思案の後、

「それと、大変な問題が生じました」

「いかなることでしょうか」

「贋金でござります」

村垣によると、江戸市中に贋金がばら撒かれているのだそうだ。

「贋金とはどのような」

「一両小判、一分金、二分金、一朱金ですな。各々の通貨、一見するとわかりませぬが、よく見たり触るとわかります。やや、軽いのです。金の含有量が少ないせいですな」

村垣は説明した。

この贋金のせいで、江戸は大混乱に陥っている。村垣は半身を乗り出して続けた。

「黄金党がばら撒いた金も、贋金であったことがわかりました」

「黄金党の金は深川の博徒の家から奪ったもの。ということは博徒どもが贋金を造っていたのですか」

「それはわかりません。贋金を持ち込まれたのかもしれませんからね」

村垣の言う通りである。

「厄介ですな」

「上さまも憂慮しておられます。そこで」

ここで村垣は言葉を改めた。外記に緊張が走った。

「上さまにおかれましては、外記どのに是非とも、贋金の探索をお願いしたいとおおせでございます」

「承知致しました」

外記は居住まいを正し、首を垂れた。それから、

「黄金党ですな。黄金党、もしかして、贋金騒動と関わっておるのかもしれませんな」

「奴らが、贋金を撒く狙いとは何でしょうか」

「世の中を混乱させる。混乱と申しても、具体的に申せば、物価を上げるということです

な。物価が上がれば、苦しくなるのは庶民ばかりではありません。武士も苦しくなる。いや、禄の少ない武士は町人以上の苦しさを覚えましょう」

「その通りです」

村垣はうなずいた。

武士は家禄が決まっている。幕府の役職に就いた者は役に応じて禄が加増され、役料を得ることもできるが、ほとんどの武士は家禄だけである。米の値段は飢饉でも起きない限り、上がらない。つまり、大半の武士は収入が固定されたまま、物価に対応しなければならない。

旗本、御家人の中には副業に勤しんだり、屋敷の庭を畑にしたり、敷地の一部を貸したりして生計を立てている者も多い。

物価が上がれば当然、武士と民から怨嗟の声が高まる。

それを見越しての贋金造りなのであろう。

「御公儀に弓引く者、あるいは、水野さまの御改革に不満を持つ者の仕業でございましょうか」

村垣の考えに外記もうなずいて返した。

「そう考えるのが筋でございましょう。それに加え、公儀の台所も傾けさせる狙いがあるのかもしれませぬ」

「水野さまは来年に上さまの日光社参を執り行おうとしておられます。公儀の台所事情が悪化すれば、それは叶わず、水野さまの権威は失墜致します」

「なるほど、日光社参ですか。それは、莫大な費えを要しますな。永年絶えておりましたのも、費用ゆえのこと」

「外記どのが申されたように、安永五年、十代家治公以来、七十年近く行われておりませぬ。それだけに水野さまの意気込みは尋常ではなく、勘定奉行に公儀の台所事情を事細かく問い合わせ、出費に関しましては厳しく目を光らせておられます」

「それだけに、大奥も出入り商人への注文が減り、江戸市中に流れる銭金は少量となり、不景気の嵐となっております。そこへもってきて鳥居の失踪による、町人たちの購買意欲増大、そこへ贋金がばら撒かれれば、物の値は沸騰しますな」

外記の考えを引き取り、村垣は続けた。

「実際、米、味噌、醤油、油、酒の値が上がっております。また、着物、小間物も高値がついております。高値と申せば、鯛や鯉などの魚もです。鳥居さま不在をいいことに、大奥が鯛や鯉を沢山注文し、その浪費ぶりに水野さまは立腹なさったとか」

「なるほど、水野さまを困らせようとする者の仕業ですな」

「水野さまを面白くないと思う者たち……これは、大勢いすぎて見当がつきませんな」

村垣は苦笑を漏らした。

「まさしくですな。ですが、単に水野さまの政（まつりごと）を混乱させようとするだけとは思えませぬ。そこには大きな利があるはず。利とは何か。贋金をいくら造ったところで、自分たちの収入が増えるわけではないです。贋金を使って、いかに利を得ようとしておるのか」

外記から疑問を提示され、

「両替をすることによって、本物の金を得られればよいのではござりますまいか」

村垣は答えた。

「両替商は贋金を見破るでしょう。村垣どのが申されたように、金の含有量が少ないでしようから、見た目は同じでも両替商であれば、手にすればわかります。よしんば、当初は騙（だま）されたとしましても、そうそう贋金は続けて両替はできませぬ」

外記は異を唱えた。

「なるほど」

村垣が納得したところで外記は続けた。

「小判は市中ではほとんど使われませんな。関係するのは商人らや両替商、藩邸など……」

町人が買い物や飲食などの日常の暮らしで一両小判を用いるなどまずない。一両は現代ではおおよそ十万円、今日十万円札はない。十万円札が発行されたとしても、高額商品の購入には使われるだろうが、日常品の買い物でそうそう使う機会はないだろう。

町人が用いるのは銅銭か精々、一分金までだ。

このため、黄金党の施しを受けた民の内、小判を持ち帰った者たちが進んで自身番に贋小判を届けている。町人が小判を使えば目立つ。その小判が贋物とわかれば大罪である。

「町奉行所は贋金の使用に厳しい監視の目を向けております。水野さまはそれを徹底させておられますぞ」

村垣の言う通りだろう。

「承知しました。贋金騒動の者たち、そして、黄金党の正体を明らかに致します」

外記は約束した。

「お願い致します」

と、探索費用として金十両を村垣は渡した。次いで、ふと頬を綻ばせ、

「むろん、本物です」

と言うと、二人は顔を見合わせて笑い声を上げた。

その日の昼下がり、外記の屋敷に闇御庭番が揃った。分厚い雲が空を覆い、みぞれがそぼ降っている。

外記から贋金騒動探索と黄金党の正体を探るよう告げられる。

すると、

「ひょっとして」

一八が慌て出した。

「どうした」

外記が問いかけると、

「いえね」

と、自分の財布を取り出し、中から小判を摘み上げ、しげしげと眺め、触ったり、噛んだりした。すると、お勢と庵斎、春風、義助も自分が所持している小判を確かめ始める。

「どうしたのだ」

外記に再度問われ、一八から大和屋利兵衛の大盤振る舞いについて語られた。

「ああ、よかったわ」

お勢が本物だと見極め、庵斎も春風も贋金ではないと報告した。その上で一八が、

「考えてみれば、大和屋さんは両替商でげすよ。よもや、贋金なんか使うはずはありませ

んね」

と、今更ながら言った。

ただ一人、真中は蚊帳の外であるが一向に気にする素振りは見せなかった。

「でも、その黄金党の首領っていう奴、三国志の関羽のようだって、評判ですぜ」

義助が言った。

黄金党はその後、深川で三軒の賭場に踏み込み、金を強奪していた。

関羽以下、唐人服を着ていた者たちは好き放題に暴れ、奪った金を江戸市中にばら撒いた。

その中に、贋金が混じっていた。

「黄金党と贋金、関わりが気になるところですな」

庵斎が言うと、

「関羽というと、青龍偃月刀を駆使するのですか」

真中は武芸者らしく錣一刀斎の武芸について、興味を示した。

「いかにも、青龍偃月刀を操りおった。関羽の如く巨体で、しかもその力強さたるや恐るべきものであった」

外記は見た様を、臨場感を持って語った。

「すげえや」

　義助が驚きの声を上げる。

　次いで、一八が、

「弩っていうのは、弓とは違うんでげすか」

　と、素朴な疑問を投げかけた。

　外記は真中を見た。

　真中はおもむろに、

「弓と違い、弩は使い手の力量に左右されない」

　と、説明をした。

「多少の鍛錬で使えるようになる」

　真中が言い添えると、

「そりゃ、すげえのか凄くないのか、よくわからないでげすよ」

　一八は言った。

「ということは、本物の唐人かどうかはわからないんですね」

　義助は結論づけた。

「そういうことだな」

真中は応じた。

庵斎が、

「そうは申しても、そんな格好をしておっては目立って仕方あるまい」

「その通りですよ」

義助も賛同する。

「でも、捕まらないどころか、足取りも摑めていないってことはどういうことなのよ」

お勢が疑問を口に出した。

「町方は、彼らの格好に囚われ過ぎておるのです。彼らは素性を隠すのにわざと目立った扮装をしておるのでしょう」

真中は冷静に考えを述べ立てた。

「その通りでげすよ。奴らは、やつがれ同様、何処にでもいるような者でげすよ」

一八が言うと、

「きっと、そうですよ。ただ、錣一刀斎だけはとんでもない、それこそ関羽のような豪傑なんじゃござんせんかね」

義助も発言した。

真中が、

「つまり、連中は江戸市中に溶け込んでおるということだ」

と、結論づけた。

「そうなると、出没現場を押さえるしかないか」

という庵斎の考えに対し、

「いや、そうでもないぞ」

外記が異を唱えた。

みなの視線が外記に集まる。

「黄金党と贋金騒動は繋がりがある。よって、贋金の出所を探り出せば、連中の正体、巣窟がどこにあるかもわかるだろう」

外記は言った。

みな、そうだとうなずいた。

うなずいたものの義助の、

「贋金の出所がわかりゃいいんですけどね。それはどうしたら、突き止められるんですかね」

という疑問には答えられる者はいない。

町奉行所は懸命に探索をしているが、未だに摑めていない。水野は寺社奉行、勘定奉行、町奉行、合同による探索を命じた。各々の縄張りを取っ払い、探索を行う。つまり、寺社にも町奉行所の役人が探索に入り込んだりもしている。

それでも、今のところは手掛かりはない。

「この先、武家屋敷にも探索の手を伸ばすことになるであろうな」

外記の見通しに、

「ひょっとして、贋金造りの現場は江戸ではないのかもしれません」

真中は答えた。

「そうだとしても、造った贋金をばら撒くための拠点は江戸市中にあるはずだ」

という外記の考えを、

「なるほど、その通りですな」

真中も認めた。

「ともかくだ。黄金党と贋金造り、一日も早く、成敗するぞ」

並々ならぬ決意を外記は示した。

みなも勢い込んだが、真中は冴えない表情だ。義助が小声で問いかけた。

「どうしました。ご気分でも悪いんですか」

「道場の同門の者が顔を見せぬのだ……」

「患われたんじゃないですか。この寒さですからね」

「そうかもな……」

義助に合わせながら、真中は佐々岡が博打にのめり込んでいるのではないかと危ぶんだ。いくら、上品な客ばかりを相手にしている賭場とはいえ、賭場は賭場だ。健全でも安全でもない。


闇御庭番の面々が去って、お勢が残った。

「父上、常磐津の稽古所なんだけどね、再開しようかと思っているのよ」

「鳥居が行方知れずだからか」

外記の問いかけにお勢はうなずく。

「だがな、鳥居のことだ。しぶとく生き残っておるかもしれぬ。ある日ひょっこり戻ってくるかもしれぬぞ」

「それでも、贋金と黄金党の探索で奢侈禁止令の取り締まりの手は緩むんじゃないの」

お勢の見通しに、

「その考えはわからぬでもないが、どうして常磐津の稽古所を再開しようと思い立ったのだ。銭金もかかるぞ」

外記が訝しむと、

「さっき、名前が出た大和屋さんが、稽古所再開のためのお金を出してくださるって言ってるのよ」

と話してから、

「変なことを考えないでよ。囲われるんじゃないからね」

と、強い口調で言い添えた。

「それはいいが、大和屋はそんなにも景気がよいのか」

「それはもう、大変なお大尽（だいじん）遊びだったわね」

「両替商がそんなにも儲かっておるのか。何故であろうな」

外記は首を捻った。

「大名貸しだってよ」

お勢は大和屋があちらこちらの大名に金を貸していると言った。

「だが、何処の大名も台所事情は苦しいはずだ。貸し倒れの憂き目（うきめ）に遭っている両替商も珍しくはない」

「奥羽の喜多方藩がえらく景気がいいのだそうよ」

「ほう、喜多方藩な。何故だ」

「国許の物産が好調なのだそうですよ。それで、先代の藩主さまの代からの借金を粗方返済してもらったんですって。大和屋は返済されたお金を色んなところに貸して、それがい い具合に利を呼んでいるんですってよ。金が金を産んでいるってことね。不景気でも、儲けている者もいるんだって、お座敷に呼ばれた者たちはみんな感心していたわ」

お勢は言った。

「ふ〜ん、大和屋利兵衛か。一度、会ってみたいな」

「あさって、根津の屋敷に来るわ。稽古所を見にね」

「そうか。ならば、わしも行くか」

「なんだかんだ言っても、三味線を弾いている時が一番幸せを感じるわ。一瞬だけど、この世の憂さが忘れられるもの。それも、おっ母さんの血なのかもしれないわね」

お勢の言葉に、

「そうか」

外記もしみじみとなった。

「憂さっていうのは、どんな風になったとしても、つきまとうんじゃないかしらね」

「たとえば、鳥居と水野がいなくなってもか」

「一時はすっきりするだろうけどさ、また、別の憂さが湧き起こるんじゃないかしら」

お勢の言う通りだと外記も思った。

「さて、どうするか」

外記は思案にくれた。

お勢は縁側の外に見える寒空を見上げながら小唄を唄い始めた。

第二章　贋金の元

一

身代金五千両が揃った。

町奉行の役料、鳥居家の蓄え、鳥居の実家、大学頭を務める林家からの借り入れに加え、何だかんだと文句をつけながらも水野忠邦も融通し、三千両を工面した。残り二千両は鳥居家、林家の出入り商人、町役人を務める商人から借り入れた。

かどわかした連中が鳥居と五千両の交換場所を指定してきた。

向島三囲神社の裏手に広がる藪の中、道祖神が目印ということだ。日時は師走七日の暁七つ半（午前五時）。つまり夜明け前である。

藤岡は大八車に載せた千両箱五つを中間たちに引かせ、指定の道祖神にやって来た。

あらかじめ、三囲神社の周囲には南町の同心、中間、小者を配置してある。点在する農家に協力を求め、隠れているのだ。

乳白色の空が広がり、朝焼けが地平を茜(あかね)に染めている。身を切るような寒風が吹きすさび、木々の枝がしなる。冬ざれの光景の中、藤岡はかじかむ手に熱い息を吹きかけながら、鳥居が現れるのを待った。白い息が流れ消えてゆく。

陣笠(じんがさ)を被り、火事羽織に野袴(のばかま)という捕物出役の格好だ。

農家に潜(ひそ)んでいる同心や中間、小者たちも捕物装束に身を固め、袖搦(そでがらみ)、刺又(さすまた)、突棒(つくぼう)、梯子(はしご)で武装している。

身代金を渡し、鳥居が返された段階で一気呵成に下手人を捕縛するつもりだ。

捕縛開始を告げるため、藤岡は呼子(よぶこ)を持参していた。紐(ひも)を通し、首からかけている。

手で呼子を摑み、唇に当てる。内与力の立場では捕物出役などしたことはない。十手(じって)を腰に差してはいるが、使ったことなどない。今日は自分が十手を操り、捕物を行いはしないだろうが、呼子くらいはきちんと鳴らさねば。

周囲を見回す。背後に三囲神社の社殿(しゃでん)、目の前にはこんもりとした藪、左右は枯れ田が広がっている。

下手人は何処から現れるのかわからないが、目下、視界にない。それを確かめ、藤岡はそっと呼子を吹いた。

が、唇が震え、厳寒にもかかわらず口の中がからからに乾いている。そのため、息が漏れてうまく鳴らない。寒さのせいばかりか、これまで味わったことのない緊張が藤岡に押し寄せているせいでもある。

口に唾を溜め、何度か試す内に甲高い音が響いた。思ったよりも大きな音に驚き、捕方が反応してしまうのではと危ぶんだ。幸い、農家は森閑とした眠りにある。

と、藪が大きく動いた……気がした。

身構えると唐冠に唐人服姿の集団が殺到してきた。先頭は関羽の如き偉丈夫、錣一刀斎、まごうかたなき黄金党だ。

藤岡は目を見張り、膝ががくがくと震える。鳥居を誘拐したのは黄金党だったのかと思った時、弩から放たれた矢は寒風を切り裂き、大八車を引いてきた中間たちを襲った。喉を貫かれ、悲鳴すら上げられず彼らは絶命した。

藤岡は尻餅をついた。それでも、呼子を口に咥え、思い切り息を吐き出した。鋭い呼子の音が夜明け前の空に響き渡る。

あちらこちらの農家から捕方が出て来た。捕物が始まろうとして初めて鳥居の不在を確認した。黄金党は鳥居を連れていない。

「御奉行は何処だ」

大八車によりかかりながら藤岡は立ち上がった。だが、一刀斎はそれには答えず、

「捕方は生かしておけ」

と、配下に指示をした。

「御用だ！」

捕方が迫りくる。まさか、下手人が黄金党とは思ってもいなかったため、捕方の総勢は十人だ。凶暴な黄金党相手にいかにも小勢である。

余裕たっぷりの黄金党は弩を発射したが、太腿（ふともも）を狙っていた。太腿を矢で射抜かれた者たちが畦道（あぜみち）や枯れ田をのたくる。

それでも、突棒と刺又を手にした二人が黄金党に立ち向かった。

「馬鹿め！」

一刀斎は怒声を浴びせ、青龍偃月刀を横に一閃（いっせん）させた。突棒と刺又の先が切断され宙に舞った。

次いで、間髪（かんはつ）を容（い）れず、一刀斎は青龍偃月刀の柄（つか）で二人を殴りつけた。二人は用水路に落ちた。

あっと言う間に捕方は戦闘能力を奪われ、息も絶え絶えに倒れ伏した。

恐怖で顔を引き攣（つ）らせ、藤岡は一刀斎を見た。額は汗でべっとりと濡れている。一刀斎は配下を促した。彼らは大八車の千両箱を検（あらた）め始めた。

いつの間にか日の出を迎え、朝日に小判の山吹色が眩しい輝きを放った。

「御奉行は……」

勇を奮って問いかけるや、一刀斎は藤岡の胸ぐらを摑み、突き飛ばした。畦道に横転した藤岡を見下ろし、

「鳥居は返してやる。返されて迷惑だろうがな」

一刀斎は哄笑を放った。

すると、黄金党の一人が小判を数枚持って一刀斎に近づき、差し出した。

「贋金ですよ」

男の報告を聞き、

「おのれ！　贋金を摑ませたな」

一刀斎は憤怒の形相で小判を藤岡に投げつけた。小判は藤岡の額に当たり、畦道に転がる。手に取り調べると天保小判にしては軽い。明らかに金の含有量が少なかった。

しかし、ここに持ってくるまでに調べた。贋金は混じっていなかったのだ。黄金党が手持ちの贋金を使って言いがかりをつけているとしか思えない。

「ふん、安心しろ。もう一度、申す。鳥居は返す」

一刀斎は不敵な笑みを浮かべ、黄金党を引き連れて去っていった。贋金が混じっている

と言いながら、黄金党は大八車ごと千両箱を持ち去った。

大八車の轍が虚しく残っていた。

二

昼過ぎ、南町奉行所に鳥居耀蔵が戻ってきた。目隠しをされ、猿轡を噛まされた状態で駕籠に乗せられ、神田明神の裏手で降ろされた。

監禁されていた屋敷から神田明神までの道順は見当がつかない。おそらくは、道順を悟られないよう遠回りをして神田明神に至ったに違いない。

とにかく、命あってのものだねだと鳥居は奉行所の門を潜った。二人の番士が驚愕の顔で佇んだ。挨拶どころか何の言葉も発せられない番士を鳥居は睨みつけ、

「たるんでおるぞ!」

と、叱りつけた。

二人は揃って土下座をした。

御奉行が無事に戻られた。

与力、同心たちの間に緊張の糸が張られた。

鳥居は入浴と着替えを済ませ、昼餉を食してから、役宅の書院に入ると藤岡を呼んだ。

藤岡は胸を撫でおろした。

五千両を奪われた上に鳥居が戻ってこないとなれば、切腹は免れなかった。鍛一刀斎に感謝する気はさらさらないが、生きて返すという言葉は偽りではなかった。身代金を奪った上に人質を殺すまでの卑劣漢ではないということか。

それとも、鳥居を生還させたのは何か意図があり、企ての内なのであろうか。

すっきりしない頭の中とは裏腹に、

「御無事の帰還、奉行所一同、喜びで沸き返っております」

笑みを浮かべ藤岡は言った。

十三日に及ぶ監禁にもかかわらず、鳥居の顔色はいい。僅かに頬がこけてはいるが、突き出たおでこも艶を失っていなかった。妖怪の二つ名の通りの鳥居の気丈さに加え、黄金党の処遇が悪くなかったと想像させる。

「ふん、世辞にもならぬ、嘘を吐くな。みな、わしが戻って来て、肩を落としておるであろう。奉行所の者ばかりではない。江戸中の町人どもが、がっかりしておるに違いあるまい」

憮然として鳥居は吐き捨てた。

「決して、そのようなことは……」

補おうにも、藤岡は適当な言葉が思いうかばない。安易なことを言えば、逆鱗に触れるだけだ。言葉選びに逡巡する藤岡を見据えながら鳥居は語り始めた。

「よい、それでよいのじゃ。嫌われてこその為政者じゃ。嫌われ、畏れられる者でなくては、政はできぬ。好かれる者なんぞはな、口先ばかりで何も成しえぬものじゃ。民や部下の顔色を窺い、評判を気にしておるようでは、失格じゃ。民なんぞ移り気なもの。そんな不確かなものをあてにしては、政を誤るだけじゃ。民にも楽しみが必要などと、民の機嫌を取るばかりの政なんぞ、愚の骨頂ぞ」

鳥居は庶民に人気がある北町奉行の遠山景元を批判している。異論など露ほどもないとばかりに、

「ごもっともでございます」

藤岡は両手をついた。

持論を展開し、少しは気が晴れたのか鳥居は僅かに目元を緩めた。

「それで、わしの留守中、奢侈禁止令の取り締まり、いかがなっておる」

それでも口調の厳しさは変わらない。

「それが……」

藤岡は恐る恐る、書付を差し出した。

与力がまとめた奢侈禁止令違反者の検挙状況が記してある。

引っ手繰るようにして鳥居は受け取り、素早く目を通す。次いで、書付を放り出すと舌打ちをして言った。

「話にならぬな。怠慢もいいところじゃ。与力、同心どもは何をやっておった」

顔を真っ赤にして怒りを爆発させた。ひたすら、藤岡は恐縮しながらも、

「同心ども、決して手を抜いておったわけではございませぬ」

「ほほう、そなた、怠慢者を庇い立て致すか」

ねめつけるように鳥居は藤岡を射すくめる。おどおどしながらも藤岡は返した。

「御前をかどわかした者どもから、奢侈禁止令取り締まりを緩めよとの申し越しがあったのです。さもなければ、御前のお命がないと……」

「なるほどのう……ふざけた者どもじゃ。わしを監視しておったのは、惚けた者どもであったが、頭目はしっかりしておるのかもしれぬ。そ奴はわしや水野さまの政に不満を抱く者であろう」

一呼吸置き、落ち着きを取り戻してから鳥居は続けた。

「ま、想定していたことじゃ。わしがいないのは奉行所にとっても町人どもにとっても、鬼の居ぬ間、ということじゃろう。よかろう。そうであるのなら、その鬼が戻ってきたのじゃ。たるみ切った者どもを、以前にも増して締めあげてやろうではないか」

何事も有言実行、悪巧みに関しては必ずやる鳥居である。奢侈禁止令の取り締まりはこれまで以上に過酷なものとなろう。

「ところで、わしをかどわかした者どもの探索はどうなっておる」

鳥居は問いかけた。

「御前をかどわかした者ども、黄金党でござりました」

藤岡の報告に鳥居は首を傾げた。

藤岡は、「失礼しました」と断りを入れてから黄金党について説明した。

「頭目は三国志の関羽の如き豪傑で、従える者どもも唐人服に身を包み、唐の武器を使って乱暴を働いております」

これまでに黄金党が行った略奪行為を語り、奪い取った金を施しだと称して江戸市中でばら撒いていると説明を加えた。

「人質であった間、わしは目隠しをされておったゆえ、敵の面相(めんそう)は確かめられなかったが、言葉遣い、物腰からして、そのような凶暴な者ではなかった。男と女の二人組であったが

「……まあ、下っ端ということだろう。して、身代金五千両はいかがなった」

鳥居に問われ、叱責覚悟で払暁(ふつぎょう)の向島での経緯を藤岡は話した。

「たわけが！　南町の面汚(つらよご)しめが」

わなわなと唇を震わせ、鳥居は怒りを爆発させたが、ふと苦笑を漏らして続けた。

「ま、よい。わしがかどわかされなかったら、そんな醜態(しゅうたい)は演じなかったのじゃからな。それよりも、黄金党なる暴徒の巣窟はわかったのか」

「あいにく、まだ、手掛かりらしきものは見つかっておりません」

苦しい表情で藤岡は答える。

「まったく、何一つ、満足にできぬのう」

またも厳しい叱責を浴びせられるかと思いきや、意外にも鳥居は激することなく、

「黄金党、錣一刀斎なる者ども、何者であろうな」

「身代金はあの者どもが奪い取ったのでございましょう。御前をかどわかしたのも、かの者ども。しかし、その狙いがわかりませぬ。十三日も監禁し、五千両を奪った……それまではわかりますが、贋金が混じっておると何故言いがかりをつけたのでしょうか。五千両は持参する前に、入念に調べました。贋金など、入ってはいなかったのです。贋金の存在を殊更に言い立てるとは、奴らの意図がわかりませぬ」

「贋金を言い立てて何の得があろうな。実際、江戸市中に贋金がばら撒かれておる。ばら撒いておるのが黄金党とすれば、その狙いが気にかかる。黄金党がばら撒いておるとして、贋金を造作しておるのは何処か、見当はついておるのか」

「それが……」

「それもわからぬか」

「申し訳ございません……ひょっとして自分たちが撒いておるよりも多くの贋金が出回っていると町奉行所に思わせたかったのかも……あ、いや、どうしてそれを狙ったのかという疑問が残ります。申しわけございません」

勢いよく藤岡は額を畳にこすりつけた。

「詫びてばかりでは、どうしようもないのう」

呆れたように鳥居はあくびを漏らした。藤岡は面（おもて）を上げ、

「まずは、奢侈禁止令を徹底して取り締まります」

ところが、

「その必要はない」

鳥居は意外な言葉を投げかけた。言うことがさっきと反対ではないか。

「よ、よろしいのですか」

困惑して藤岡は問い返す。

「構わぬ。取り締まりを緩め、町人どもを浮かれさせよ。さすれば、贋金も派手に使われて見つけやすくなる。とにかく、公儀にとり、贋金造作は最も憎むべき大罪じゃ」

贋金造りは幕府の信用を根本からつき崩しかねない所業である。通貨を発行できるのは徳川幕府だけなのだ。

「贋金をばら撒くのは黄金党、造作しておるのも黄金党と考えてよろしいのでしょうか」

「そのことは、断定できぬな」

鳥居は曖昧にうなずいた。

「贋金を造作するには、よほどの大がかりな人数と、設備が必要なことは明白でございます」

小馬鹿にしたように鳥居は薄笑いを浮かべた。藤岡は構わずに続ける。

「当たり前じゃ」

「大名屋敷ということは、考えられませぬか」

藤岡の考えに鳥居はにんまりと笑い、

「いかにも大名屋敷ならば、贋金を造作するに十分な用意が整うであろう。それに、大名屋敷であるのなら……面白いことになりそうじゃ」

贋金騒動を政に利用しようと鳥居は思い立ったようだ。

「藤岡、うむ、面白い。面白いぞ」

鳥居の機嫌が直り、藤岡はほっと安堵した。

「さて、何処の大名が贋金造りなんぞという不届き極まる所業に手を染めておるのであろうな」

鳥居は手ぐすねを引くようだ。迂闊に大名の名など出せぬと藤岡は話題を変えた。

「水野さまのお屋敷にも、ご挨拶に出向かれたらいかがでしょう」

「わかっておる。水野さまも、心配しておられただろうからな」

身代金を出すのを渋られたことも知らず、鳥居は目を細めた。


その日の夕刻、鳥居は水野の屋敷を訪ねた。

まずは、誘拐されたことの不手際を懸命に詫びた。

「抜かりおって」

切れ長の目を向け、水野は突き放すような物言いをした。

「まこと、なんと責められましても、申し開きの仕様もござりませぬ。この上は目覚ましき働きを致し、汚名返上としたいと存じます」

鳥居は必死の形相で訴えかけた。

「ならば、目下、江戸を騒がす贋金騒動と、黄金党じゃな」

水野が言うと、

「いずれも、落着へと導きたいと存じます」

鳥居は請け負った。

水野はにんまりとし、

「二つとも落着させるとは、そなたらしい欲張りとは思わぬ。贋金騒動の元凶(げんきょう)は黄金党であろうからのう」

「水野さまもそうお考えですか」

「それ以外には考えられぬ。わざわざ、贋金を撒いておるのじゃからな。問題は黄金党を操る者が誰かということじゃ」

水野は言葉を区切った。

「黄金党を操る者、何処かの大名ではないでしょうか」

鳥居の考えに、

「何か根拠があるのか」

冷めた口調で水野は問いかける。

「これほど大がかりに贋金を造作するには、よほどの人数と設備を要します。町人の分を超えた所業としか思えませぬ。また、いくらなんでも将軍家の禄を食む直参旗本が贋金を造作するとは思えませぬ。となりますと、徳川に不満を抱く何処かの外様大名ではないでしょうか」

鳥居が答えると水野も同じ考えであると示した。水野に賛同され、鳥居は踏み込んだ意見を述べた。

「外様大名といっても、ある程度の大きな大名でないと、このような大がかりとは参りますまい」

「さしずめ何処であろうかな」

水野は思案した。

「そうですな……」

鳥居も考えたが、すぐには思い浮かばない。

すると水野は話題を変えた。

「ところで、元文と文政小判の回収、思いのほか順調に進んでおる。北町の遠山には命じた。贋金を検めるという名目で小判を調べよ、とな。そこで元文、文政小判であれば、天保小判と引き換えさせておる。南町も積極的に行え」

「承知しました。いや、さすがでござります。贋金騒動に乗じて旧小判の回収を進めるとは……」

水野のしたたかさに鳥居は舌を巻いた。

「禍(わざわい)転じて福となす、じゃ。贋小判が本物の金を産んでくれるわ」

水野は笑みを広げた。

天保小判より金を多く含んだ旧小判を回収することによる利益、すなわち出目、幕府には思いもかけない特需となっていた。

三

その頃、真中は衝撃を受けていた。

佐々岡が自刃(じじん)したというのである。

道場に顔を出さず、もしや賭場に入り浸っているのか、国許に置いたままの妻の病状が悪化し、喜多方へ帰ったのでは、と思っていた。それが、五日前に自害したというのだ。

道場で耳にし、その足で芝(しば)の大名小路(だいみょうこうじ)にある喜多方藩宇田川家の上(かみ)屋敷を訪れ、素性を明かし、佐々岡の上役への面談を求めた。

上役は勘定方組頭の花田平九郎という男だった。勘定方という役方には不似合い、馬廻りなどの番方が適任のような偉丈夫だ。佐々岡も勘定方とは思えない武芸者然とした男である。武芸熟練の者を勘定方にするのは、喜多方藩宇田川家の家風なのだろうか。

御殿玄関脇の控えの間で面談に及んだ。

「真中どの、佐々岡とは町道場の同門でいらっしゃいますか」

警戒気味の目で花田は真中を見た。

佐々岡の死について調べられたくはないのかもしれない。

「さようです。それゆえ、切腹されたと聞き非常に驚いております。同じ道場で研鑽を積んだ者として、冥福を祈りたく、できましたら、死に至った事情を知りたいのです」

真中の申し出を、花田は吟味するようにしばし思案した後に口を開いた。

「佐々岡は悪所に出入りしておりました」

「悪所とは賭場ですな」

返してから真中は、生まれて初めての賭場に付き合わされた経緯を語り、

「その一度だけで、二度と足を踏み入れぬと約束してくれたのですが……」

悔いるように真中は唇を嚙んだ。

「どうも、どっぷりとのめり込んでしまったようですな」

花田は、佐々岡が賭場にのめり込み、藩の公金を持ち出すようになったと話した。

「帳簿の穴を博打によって得た金で埋めておったのです」

「いつしか、賭場での負けが込んで、御家の公金をどんどん持ち出してしまったというわけですか」

絵に描いたような博打での転落ぶりである。

ところが花田は小さく首を左右に振って語った。

「違います。佐々岡は御家の金を持ち出してはおりましたが、きちんと埋めておりました。詳細に調べたところ、持ち出す金は段々と増える傾向にありましたが、きちんと返されておりました」

「では、何が問題になったのですか。公金を無許可で持ち出したということですか」

「それもありますが……これは、くれぐれも内密に願いたいのですが、佐々岡は贋金を御家の公庫に入れておったのです」

険しい顔で花田は言った。

「ということは、佐々岡どのはその賭場で贋金を掴まされたのでござりますな」

「おそらくは……」

花田は唇を噛んだ。

「贋金ですか」

真中は腕を組んだ。

「実に不覚を取ったものです。御家の勘定方にある者が贋金を摑まされるとは……拙者は博打はやらぬゆえ、詳しくはござらぬが、博打で儲けられるはずはない。それが、素人同然の佐々岡が勝ち続けておった。そのことに不審を抱かなかったのか。愚かな奴でござる」

花田は嘆いた。

「ところで、佐々岡どのはどのような御仁であられたのですか。拙者の目には実直なお人柄と映ったのですが」

「いかにも、佐々岡は生真面目な男でございましたな」

「国許のご妻女のために高価な薬を買って送られたとか」

真中が言うと、

「さようです。あいにく、先だって妻女は亡くなってしまいましたが」

「そうでしたか……」

「その悲しみもあって、佐々岡は博打にのめり込んだのかもしれませんな」

「なるほど……」

佐々岡が哀（あわ）れに思えてならない。やはり、賭場に同行すべきではなかった。

「いや、お気遣いありがとうございます」

花田は一礼してから話題を変えた。

「ところで、江戸市中でも贋金が横行しておりますな」

「そのようです」

「今、御家の金蔵にある金貨を見直しておるところです」

花田は小さくため息を吐いた。余計な仕事が増えたと言いたげだ。

「幸か不幸か、わたしは小判には縁がございませぬ。精々一分金を用いるくらい……気をつけてはおりますが。御家はお国許の物産の売上が好調だと聞き及びます。小判の出入りにはより一層の目配りが必要でございましょうな」

「出入りの大和屋は信頼のおける両替商ゆえ、主の利兵衛に任せております。物産の取引により得られる小判には、よもや贋金が混じってはおらぬと信じたいですな」

話を打ち切り、花田は腰を上げた。

真中は喜多方藩の江戸上屋敷を辞去した。

その足で佐々岡と共に行った賭場、神田の妙祥寺へと足を向けることにした。

夜になると賭場が開かれると思い、真中は日が暮れるのを待った。しかし、賭場は開かれなかった。摘発されたのかもしれない。

すると、境内の隅で蠢くものがあった。

夜目に慣れた目に、唐冠を被り、唐人服に身を包んだ集団とわかった。みな、顎髭を伸ばしている。黄金党であろうか。

足音を忍ばせて近づく。

彼らも真中に気づいた。

「黄金党であるか」

腰を落とし、左親指で刀の鯉口を切り、真中は問いかけた。

「い、いや……ち、違いますよ」

唐人服の一人が声を上ずらせ否定した。

「惚けるな。黄金党であろう。この賭場を襲いに参ったのではないのか」

真中は間合いを詰めた。

「ほんと、違うんですよ」

男は必死の様子で否定する。

そのおどおどとした態度からして、青龍刀や弩を駆使し、江戸市中を荒らす盗人たちには見えない。

　すると、

「あれ、いつかのお侍さまじゃござんせんか」

　男が素っ頓狂な声で問いかけてきた。

　真中がいぶかしむと、

「末吉ですよ」

　と、男は唐冠と付け髭を取り去った。

「ああ、おまえは……」

　ここの賭場を仕切っていた博徒の末吉である。残る唐人たちもこの賭場の博徒であった。

「何をやっておるのだ」

　呆れたように真中が問いかける。

「あっしらだって、好きでこんな格好をしているんじゃござんせんよ」

　末吉は嘆いた。

「話してみろ」

　こんな連中に関わることはないのだが、真中はついつい同情心から問いかけてしまった。

　末吉は肩を落とし語り始めた。

「うちの賭場に、今、世間さまを騒がせている贋金が大量に持ち込まれたんですよ」

「ほほう」

真中は興味を覚えた。

末吉によると、今月の初めのことだった。

「旦那からですよ、今月の軍資金だって、届けられたとばかり思ったんです」

「おいおい、それでは、よくわからぬ。もっと、順序立てて話せ。まず、旦那とは何だ」

真中は噛んで含めるような言い方で注意をした。

「こりゃ、すんません。旦那っていうのは、要するに金主(きんしゅ)でしてね。どなたかは明かせないんですけどね」

月の初め、賭場の運用資金が金主から届けられるのだそうだ。

「この際だ。金主を明かせ。なに、わたしは、見ての通りの浪人だ。町方ではない。そなたらを摘発したり、金主を弾劾(だんがい)しようとは思わぬ」

真中は断言した。

「そうですか、なら、言いますがね、くれぐれも内密に……旦那に迷惑をかけないでおくんなさいよ」

末吉はくどいくらいに念押しをしてから、

「日本橋の両替商、大和屋さんなんですよ」

「ほう、大和屋か」

「ご存じですか」

「名前くらいはな。して、その、大和屋がいかがした」

「大和屋さんのお使いが千両箱を届けてくださったんです」

それを帳場の金庫に納めて賭場を開帳した。

「そうしたらですよ、翌日になって、また大和屋さんから千両箱が届いたんです」

末吉は何かの間違いだろうと、大和屋利兵衛に問い合わせた。すると、利兵衛は前日に千両箱は届けていないということだった。

末吉は慌てて前日届いた銭箱の金を調べた。贋金だとわかったが、既に賭場で使ってしまっている。

「それで、あっしも、欲をかきましてね。どうせ、博打をうちに来る客なんか、贋金だか本物だか見分けられる余裕はないって、高をくりましてね」

末吉は、利兵衛から届けられた銭箱に入った本物の金には手をつけずに、贋金を使い続けた。

「ならば、贋金のまま賭場をやっておったのか」

渋面となって真中が問いかけると、

「まあ、そこが、あっしの浅知恵でしてね。贋金だから賭場の懐は痛みはしないって、景気よくやっていたんですがね、それがいけませんや。江戸市中に贋金がばら撒かれている、って噂が流れましてね、こりゃまずいな、って慌て出したんですよ」

末吉によると、この賭場は南町の出入りだったそうだ。南町の同心に袖の下を渡し、摘発のお目こぼしをしてもらっていた。ところが、鳥居が奉行に就任して以来、取り締まりが厳しくなり、大人しくしていた。妙祥寺の有力な檀家だけを相手に月に三日程度行っていただけだった。

そんななか、鳥居が不在となったことで、賭場を手広く開帳し出した。それが、贋金騒動に巻き込まれ、

「贋金を早いとこ、使ってしまおうって思いましてね。後で考えたら、適当なところに捨てればよかったんですが、賭場の客に撒いてもらおうって、どんどん勝たせて、持って行かせたんですよ」

末吉は語り終えた。

「おまえの、その浅知恵により、佐々岡氏は亡くなられたのだぞ」

怒りを抑え、真中は言った。

「そ、そりゃ、どういうこって」

末吉は目をしばたたいた。

四

真中は、佐々岡が贋金を藩の金蔵に混入させる不手際(ふてぎわ)により切腹した経緯を語った。

「そ、そうですか。そいつはすまねえことになってしまいましたね」

末吉は肩を落とした。他の連中もばつが悪そうにうつむいている。

「欲をかいた上、保身に回って多大な迷惑をかけたということだ」

高ぶる気持ちを抑えても、声が微妙に震えた。末吉は黙り込んでしまった。

嫌な空気が漂ってから、

「ところで、その格好はなんだ」

と、真中は改めて末吉たちの唐人服に視線を向けた。末吉は恥ずかしそうな顔でうなずき、

「これはですね、みっともねえことに、黄金党が怖くてこんな格好をしているんですよ」

「なんで、そんなに恐れるのだ」

「黄金党が賭場を狙っているからですよ。あいつらは、次々と賭場を襲って手あたり次第に博徒を殺し、金を奪っていますからね、それで、もし、奴らが襲ってきたらって思って……」

「咄嗟に見分けがつかないように、そんな格好をしたのか」

「まあ、浅知恵ですがね」

賭場を閉じている時に、黄金党に襲い掛かられてはまずいと、末吉なりに考えての扮装であったのだ。

「そういうことか、しかし、そんな小手先の誤魔化しで通用すると思うな。そんなに怖かったら、江戸から逃げるのだな」

真中は忠告した。

「そうですね、それができればいいんですがね」

渡世の義理があるのだと末吉は言った。渡世の義理とは何だとは聞く気にならなかった。

「まあ、勝手にしろ」

真中は歩き出そうとした。

すると、

「佐々岡さまですけど」

と、末吉は思い出したように言い出した。

「何だ」

真中は問い直した。

「佐々岡さま、喜多方藩のお侍ということで、あっしらは随分と歓待したんですよ」

「それはどういうことだ」

「大和屋さんが喜多方藩には相当にお世話になっているって、おっしゃってますからね」

「大和屋は喜多方藩には相当な金を貸していて、それが戻ってきたおかげで、手広く商いができるようだな」

「ええ、そんなことをおっしゃっていましたよ」

「ならば、佐々岡どのに贋金を持たせることはあるまいに」

今更ながら真中は問い詰めた。

すると、子分が、

「親分、佐々岡さまには本物しか渡していませんぜ」

と、横から言葉を添えた。

「あれ、そうだったかな」

末吉は思い出そうとしてか腕を組んだ。浅知恵の末吉、要するにその場しのぎの思い付きで動いているようだ。

「ええ、少なくとも小判は本物でしたよ」

「そうだったか」

末吉はぴしゃりと額を叩いた。

「すると、佐々岡どのは贋金を藩の公庫に戻していないのだな」

「少なくとも、うちの賭場からは贋金は渡していませんや。他の賭場に行ったのなら別ですがね」

末吉は組んでいた腕を解いた。

「いや、その可能性は低いな。何しろ、佐々岡どのは知り合いに紹介されたと言っていた。佐々岡どのは喜多方藩勘定方、大和屋利兵衛を見知っていたはずだ。ということは、ここの賭場は、利兵衛に教えられたに違いない」

真中が言うと、

「ああ、そうでしたよ。大和屋さんから、喜多方藩のお侍さまが遊びに行くから、よろしく頼むよ、と言われてましたんでね」

「やはり、そうか」

「ところで、あっしら、これからどうすりゃあいいですかね。御奉行所に摘発されるか、黄金党にやられるか……妖怪奉行さまがいなくなったって、ぬか喜びしていたらとんだことになったもんですよ。旦那、何かお知恵をお聞かせくださいよ。江戸を逃げ出すってこと以外でね」

臆面（おくめん）もなく末吉は真中を頼った。

真中は説教したくなった。

しかし、今更、末吉が真中の小言で心を入れ替えるとは思えない。

「自分たちの身は自分たちで守れ」

真中は立ち去ろうとした。真中の旦那、それを末吉はまたも引き留め、

「そ、そうですよ。真中の旦那、あっしらの用心棒になってくださいませんかね」

なんとも虫のいいことを言い出した。

「馬鹿なことを申すな」

「馬鹿なことじゃござんせんよ。失礼ですが、御浪人でしょう。なら、ちゃんとした金と飲み食いの世話をさせて頂きますんで」

末吉は、子分たちにもおめえたちからもお願いしねえかと怒鳴った。

子分たちが一斉に頭を下げる。

「おいおい、よせ。いくら、頼んだって無駄だ」

「そんな風に、お断りになってですよ、後日、あっしらが、黄金党に殺されたって耳になさったら、寝覚めが悪いですぜ」

末吉は言った。

「その時は、線香の一本でも供えてやる」

真中は言うと今度は呼び止められないよう、足早に歩き出した。

「真中の旦那、待ってくださいよ。この薄情者」

末吉の、「お助けくださいよ」という泣き言を背中で聞きながら、真中は急ぎ足で立ち去った。


翌日の夕暮れ近く、日本橋長谷川町にある大和屋へやって来た。表通りから横丁を入った突き当たりに店はあった。なるほど、大和屋は繁盛しているようで、瓦は新しく、奉公人たちは活気に満ちている。

秤で丁銀や豆板銀などの秤量貨幣を量っている手代に向かって、

「御免」

真中は名前を告げ、利兵衛に会いたいと頼んだ。

「喜多方藩宇田川家勘定方、佐々岡慶次郎どのの知り合いだと伝えてくれ」

と、言い添える。

帳場机の前に座っていた優男(やさおとこ)が顔を上げやって来ると、手前が利兵衛だと名乗ってから、

「佐々岡さまとお知り合いと承(うけたまわ)りましたが」

上目遣いに確かめてきた。

「佐々岡どのとは町道場で同門でした」

真中は知り合った経緯を語った。

「さようでございましたか。まこと、佐々岡さまは、ご立派なお侍さまでございましたな……」

利兵衛は言葉を詰まらせた。

「道場でも一二を争う、腕でござった。一派を立て、道場を任せられるような武芸者でしたな」

「さようでござりましょうとも。佐々岡さまは、ご藩主備前守さまの御前試合におきまして、三年連続で第一等となられたと聞いております。武芸者としてばかりか、勘定方としましても、実に優秀なお方でした。手前どもの商いに関しましても、いつも相談に乗ってくださりました」

利兵衛の言葉は真中が知る佐々岡その人を表すものだった。

「その佐々岡どのに賭場のことを教えたのだな」

責めるような口調で真中は語りかけた。

「は、はあ……」

利兵衛はいかにも心苦しいといった表情となった。

「何故、あのような生真面目な男を賭場になんぞ、誘ったのですか。ああいう男ほど、一旦、博打の味を覚えたら、のっぴきならない所まで追い詰められてしまうとは思わなかったのか」

怒りを抑え真中は問い詰めた。

「確かにそう思いました。ですが、それを承知で敢えてお勧めしたのです」

意外にも利兵衛は悪びれていない。

「それはまたどういうことだ」

「あまりに生真面目な佐々岡さまには、多少の道楽が必要だと思ったのです」

「もう少し、詳しく話してくれ」

「佐々岡さまは、勘定方の役目に実に熱心に取り組まれ、お国許のお内儀さまの病を心配なさり、気の休まる暇もない有様でした。お役目柄、たまに宴席を設けたりもなさいましたが、宴席におきましても、話す内容は仕事のことばかりでした。それで、お酒で気分が高まりますと、剣術の話題になります。まこと、生真面目な方でした」

語る内に利兵衛の口調はしんみりとなった。

「つまり、息抜きに末吉の賭場を紹介したのか」

真中は確かめた。

「今にして思いますと、早計であったと実に悔やまれます」

利兵衛は唇を噛み、首を左右に振った。

「末吉の賭場の金主になっているのだな」

「そうです」

「末吉との関係は……」

「両替商をやっておりますと、様々な問題を抱えます。貸した金が返ってこなかったり……」

末吉には貸した金の取り立てを任せていたという。その内、

「末吉親分の賭場としております妙祥寺ですが、手前どもの菩提寺(ぼだいじ)でもあります。先代の住職さまに頼まれ、本堂の修繕費用五百両余りをお貸ししたのですよ。ところが先代の住職は今年の春になり、亡くなられ、今の住職さま、日宗(にっそう)さまが借金を返済するため、賭場

を開くと申し出られたのです」

「ほう、それは、実に大胆な住職ですな」

「日宗さまは、以前は京の都のおられたのですが、都のお公家(くげ)さまの御屋敷で賭場を開帳して、儲けておられたそうです」

幸い妙祥寺の檀家には富裕な商人が多い。それら商人だけを顧客として、

「この神無月(かんなづき)までは月に三日程度、開帳していただけです。深みにはまらないよう気をつければ、いい気晴らしになるのではないかと思い、お勧めしたのです」

利兵衛は末吉にも佐々岡の面倒を見るようくれぐれも頼んだのだそうだ。

「それが、鳥居さまが不在ということで、賭場の開帳日が増えました。そのため、佐々岡さまも賭場に通う日が増えてまいったのでございます」

言い訳ですが、と利兵衛は自分を責めた。

「佐々岡どのの切腹の理由は、御家の公金に手をつけ、その穴埋めをしたところ、その中に贋金が混じっておったということです」

「そのようです」

利兵衛の声が小さくなった。

「しかし、今にして思えばですが、あのように生真面目な佐々岡どのが、贋金を掴まされ

たことに気づかなかったのだろうか」

　真中の疑問に対して、

「さようでございますな。ただ、穴埋めに必死で気づかなかったのではないでしょうか」

　利兵衛は言った。

「そうとも考えられるが……いや、それはないのでは」

　真中は言葉を止めた。

「と、おっしゃいますと」

　利兵衛は興味を惹かれたようだ。

「末吉の賭場に行く時だった。自分一人では行き辛いと、わたしに同道を願ったのだが、付き合わせるということで、縄暖簾の代金を払ってくれた。その際、財布から一朱金と銭を出したのだが、一つ一つ確かめておられた」

　その時の光景を思い浮かべながら、真中は言った。

「なるほど、佐々岡さまらしい、慎重なおふるまいですな」

　利兵衛は何度もうなずいた。

「だから、わたしには、佐々岡どのが贋金を摑まされたというのは疑わしい」

「ほほう、しかし、勘定方組頭の花田さまはそうおっしゃったのでございましょう」

「そう申された」

「花田さまをお疑いなのですか」

「疑うとまでは申さぬが、佐々岡どのの切腹の原因は別にあるのでは、と思う次第だ。つ
いては、何か心当たりはないか。そなたは勘定方の仕事を通じて、佐々岡どのとは懇意にしておったのであろう。何か、重要な落ち度があったのではないか」

真中の問いかけに、

「たとえば、もっと大きな不正を佐々岡さまがやっておられたと、あなたさまはお疑いでございますか」

「それが、大がかりな不正なのかどうかはわからない。ただ、誤って贋金を御家の公庫に納めたというのは、違う気がする」

真中はじっと利兵衛を見た。

根拠はないが、利兵衛は何かを隠しているような気がしてならない。

「喜多方藩はずいぶんと景気がよいそうだが、それはいかなるわけなのだ」

国許の物産が売れているとは聞いているが、利兵衛の口から確かめたい。

「それは、お国許の名産品の商いが好調だからでございますよ」

無難な答えを利兵衛はした。

「そんなに儲かっているのか」

問いかけると、漆器（しっき）、木綿（もめん）など喜多方藩の名産品を挙げて利兵衛は説明した。なるほど、それを聞くといかにも納得できるような気になった。

「ですから手前どもも、これまでに御用立てしました貸金を回収できたのでございます」

利兵衛は言った。

「なるほどな。そなたと喜多方藩は深い関係なのだな」

「お陰さまで、繁盛の基（もとい）でございます」

利兵衛は言った。

「今は金を貸してはおらんのか」

「さよう、貸付ではありませんが、藩札（はんさつ）を引き受けております」

藩札とは大名が領地内で流通させている紙幣である。国許から江戸勤番となった藩士の中で、藩札を持参した者には金子を渡しているそうだ。江戸での暮らしに必要な手持ちの金を利兵衛が用立てる。藩札の額面の八割で買い取っているという。

実際、それを示すような光景が見られた。

店の一角に侍が列を成している。いずれも、喜多方藩の侍であった。みな、藩札を持参し、大和屋の手代が銭金と交換している。

「かつて、播州赤穂浅野内匠頭さまが、吉良上野介さまに刃傷に及び、改易となりましたな。その時、赤穂藩の領内に流通しておった藩札を、大石内蔵助さまは六割で買い取られたそうです。お取り潰しになった御家にしては破格の値でござります。その背景には、赤穂藩が塩の生産と商いで台所が潤っていたことと、改易直後の時点では大石さまが浅野家再興を目指しておられ、少しでも御家の評判を落としたくはないという配慮があったからだそうです。今の御時世、何処の御大名も台所事情は苦しゅうござります。御家がお取り潰しになれば、藩札は紙屑同然となりましょう。

まさか、喜多方藩宇田川家が改易になるなどあり得ぬと思いますが、そうなったら、手前どもも大損どころか、潰れますな。莫大な額面の藩札を引き受けておりますのでな」

利兵衛は藩札を持参した喜多方藩の藩士を眺めやった。

「喜多方藩の台所は健全だと評判だな」

利兵衛は真中に視線を戻して言った。

「お陰さまで、喜多方藩の台所は非常によいと評判です。手前どもは、喜多方藩の藩札でお金を融通したりもしておるのです」

利兵衛によると、他の両替商に喜多方藩の藩札を担保に金を借りているそうだ。資金潤沢な蔵前の札差や両替商に、信用度の高い喜多方藩の藩札を持ち込み、額面の九割五分の金を借り、その金を多方面に貸し付けているそうだ。

また、喜多方藩領に商いに赴く商人たちに藩札を売っている。商人たちは額面の九割の値で藩札を利兵衛から買い、藩札持参で喜多方藩領に赴く。喜多方藩領では藩札で滞在費を支払うのだ。

利兵衛は手広く、商いをやっているようだ。

「喜多方藩さまさまでございます」

そう利兵衛が言った時、喜多方藩勘定方、花田平九郎がやって来た。大柄な身体ゆえ、屈みながら暖簾を潜り、入って来た。偉丈夫の来店は奉公人たちに緊張を強いた。銀貨を量る手を止め、帳面をつける筆を置き、みな丁寧にお辞儀をした。利兵衛は真中に一礼してから腰を上げると、花田の応対に当たった。

花田はちらっと真中を見たが、何も言わず、利兵衛とやり取りを始めた。

真中は花田ともう一度話をしたくなった。

そっと大和屋を出ると、花田が出てくるのを待ち受けた。

幸いにも花田の用向きは早く済んだ。

「花田どの」

真中が声をかけると、

「真中どの、で、ござったな」

花田は真中を覚えていた。

「少し、お話を聞きたいのです」

真中は言った。

「それは構わぬが、まだ、佐々岡のことで何か」

真中は首を縦に振ってから、

「佐々岡どのの切腹の曰くは、まこと御家の金蔵に贋金が混入していたからなんですか」

「と、いうと」

心外だとばかりに、花田は強い口調で問い返してきた。

「佐々岡どのは非常にしっかりした勘定方の役人であられた。その佐々岡どのが不用意にも贋金を摑まされ、それを御家の公庫に入れるなど、考えられないのです」

抱いた疑念をぶつけた。

「佐々岡の人となりをご存じのようですな。なるほど、真中どのは同じ道場で汗を流した仲だけのことはある」

思案するように言葉を止め、

「真中どの、当家に何か黒きものを感じておられるのかな」

「黒きものかどうかはわかりませぬ。ただ、花田どのの言葉通りには受け止められませぬな」

真中はきっとした目で見返した。

「これだけは、申しておきます。佐々岡には当家の判断で腹を切らせました。公言できない過ちを犯したからです」

毅然（きぜん）として花田は答えた。

「では、失礼致す」

これ以上は問答無用とばかりに、花田は歩き去った。

真中も大和屋から去ろうとした。

すると、義助と春風がやって来た。

義助は大和屋に鯛を届けに、春風は利兵衛の絵を描くために来たのだそうだ。

「とにかく、大和屋さんは景気がいいですからね」

義助が言うと、

「祝儀を弾んでくれるそうですぞ」

春風もにこにことして応じた。

「それより、真中さんはどうして大和屋さんを訪ねたんですか」

義助に問われ、

「実は、道場の同門に佐々岡という男がおってな、その男、賭場にはまって贋金を摑まされ、御家の公庫に間違って入れてしまった。勘定方の役人であっただけに、そのことを問われ切腹に追い込まれたという曰くであった。ところが、佐々岡は非常に几帳面な男でな、贋金を摑まされた挙句に御家の公庫に入れるような不始末など考えられぬ」

真中は断じた。

「それで、大和屋さんとの関わりは。大和屋さんが、喜多方藩御用達の両替商だからですか」

「いかにも。佐々岡は勘定方であったゆえ、お役目を通じて、利兵衛どのとも見知っておったと聞いたのでな」

「なるほどね」

義助が納得したところで、

「大和屋さんに何か不審な点はありますかな」

春風が問いかけると、

「それがわからない。大和屋利兵衛という男、実直で、やり手の商人の一面と、商いのためなら手段を選ばない一面がある」

真中が言うと、

「なんだか、面白そうですね」

「興味深い人物ですな」

義助と春風は興味を抱いた。

「ところで、贋金の流通のほうの調べは、どうなっておるのだ」

真中の問いかけには義助が答えた。

「魚河岸でも贋金が出たってことは耳にしませんね。贋金の取り締まりが厳しくなったので、造作する方も慎重になっているんじゃござんせんかね」

続いて春風が言った。

「そうとも言えないようだな。北町も南町もしゃかりきになって、贋金の摘発に当たっておる。南町の鳥居は、奢侈禁止令の取り締まりよりも熱心だそうじゃ」

「ということは、贋金はまだ出回っているんですかね。まあ、小判なんか、あっしには無縁ですから、わからないのかもしれませんや」

義助は首を捻った。

義助の疑念を春風は思案し、はたと気づいたようにうなずいた。

「南北町奉行所は贋金を調べる名目で商家や札差、両替商に立ち入り、小判を検めます。

それで、贋金ではなく元文、文政小判があった場合、天保小判と引き換えております。ということは、御公儀は贋金騒動を利用して、旧小判を回収しておるのかもしれませんぞ」

「なるほど、それは大いにあり得る」

真中も得心した。

「水野さまって御仁は、実に狡猾（こうかつ）ですね。利用できるものは何でも利用しますよ」

義助の言葉に春風も賛同した。

それから、

「あ、そうそう。利兵衛さん、お勢さんの家に、常磐津を習いに行くそうですよ」

義助は、利兵衛がお勢を気に入り、常磐津の稽古所の再開を勧めていると言った。

五

あくる日の昼下がり、お勢の家に利兵衛がやって来た。

お勢は稽古所を見せた。

「立地の具合はいいんじゃないですか」

利兵衛はにこやかに言った。

「でも、奢侈禁止令のお陰で、閉じてからもうずいぶんになりますからね、すっかり、稽古所に通っていたみなさんも、遠退いてしまって」

というお勢の話を聞き、

「あまり派手にやらず、少しずつ再開されたらいかがですか。この稽古所を拝見する限りにおいては、畳を入れ替え、瓦を新しく葺き替えるくらいでいいのではないですかな」

利兵衛は目利きをするように言った。

「それでも、まとまったお金がかかりますよ」

お勢は肩をすくめた。

「それくらいのお金なら、手前が用立てますよ」

「そんなこと、気安くおっしゃっていいのですか。算盤が合っていますかね」

お勢は疑問を呈した。

「もちろん、これまでにも散々にお金を貸してきたんですからね。何もあてにならないのに金を出して、貸し倒れになるような真似はしませんよ」

「担保は、何を入れなきゃいけないんですか」

お勢が問いかけると、利兵衛はじっとお勢を見返して、

「そうですな……お勢さん、でしたら、申し分ない。貸し倒れになっても文句は言いませ

んぞ」

利兵衛は真顔になった。

お勢は微笑み、

「ご冗談を」

利兵衛は、

「ならば、このお屋敷の一部ですな」

と、笑った。

「では、少し考えてみます」

お勢は言った。

「まあ、急ぎませんけど。ですけどね、こういうことは、早めにやった者が勝ちますよ。おっと、商いではないですから、勝ち、負けではないですかな」

利兵衛は言った。

「ええ、そうですわね」

言いながら二人は母屋に戻り、お勢は利兵衛を座敷に通すと三味線を手にした。

利兵衛も前に座る。

「大和屋さん、両替商ですよね」

改まったようにお勢に確かめられ、

「そうですよ」

目をぱちくりとして利兵衛は答えた。

「贋金の被害は受けていないのですか」

「手前どもは気をつけておりますのでね。贋金は掴まされておりませんな」

利兵衛は言った。

「さすがは、大和屋さんですね」

「お勢さん、贋金を掴まされたんですか。もしそうなら、あたしの方で両替致しますよ」

「お気遣いありがとうございます。今のところ、大丈夫ですよ。でも、黄金党なんて物騒な盗人がはびこっていたりして、妖怪奉行さまがいないのをいいことに、妙な連中が出没していますよ」

お勢の言葉を聞き、利兵衛はふと気づいたように、

「そういえば、お勢さん、お一人住まいなのですか」

と驚いてみせ、それではいかにも物騒だと言い添えた。

「もう、慣れっこですよ」

お勢は軽くいなした。

「いや、それでも、女お一人はやはり物騒ですよ」

「ご心配ありがとうございます」

お勢はやんわりといなそうとした。

「何でしたら、用心棒でもこちらに向かわせましょうか」

利兵衛は申し出た。

「大和屋さん、用心棒なんて、いらっしゃるんですか」

「まあ、金を扱う商いをやっておりますので、雇っておりますな」

「怖くなったら、頼みます」

お勢は丁寧に頭を下げた。

「なんでしたら、今夜から夜回りでもさせましょうか」

利兵衛はしつこい。

お勢への執着（しゅうちゃく）のような気がしてならない。

すると、

「御免」

と、玄関で声が聞こえた。

「は〜い」

お勢の返事を聞いて、玄関から年寄りが入って来た。外記である。今日の外記は、真っ白い髪の鬘（かつら）、白の付け髭、宗匠頭巾を被っている。格好はというと、焦げ茶色の小袖に裁着け袴、同色の袖なし羽織を重ね、杖（つえ）をついていた。江戸市中探索の折にしばしば成りすます、相州屋重吉（そうしゅうやじゅうきち）の扮装でやって来たのだ。

「これは、御隠居さん」

お勢は、お世話になっている小間物屋の隠居だと紹介した。外記は利兵衛の前に座り、挨拶を済ませてから、お勢が、

「大和屋さんがね、稽古所の再開を勧めてくれるのですよ」

「それは、ご親切に」

外記は顎髭を撫でながら言った。

利兵衛はお勢と外記の関係を邪推（じゃすい）してか、口数が少なくなった。

しばらくお茶を飲んでから、

「では、いつでも、稽古所再開の時は応援をしますのでね。言ってくださいよ」

と、笑顔で言い残して名残惜しそうに腰を上げた。

「ご親切にありがとうございます」

お勢は玄関まで見送った。

少し遅れて外記はやって来て、お勢の前で、

「つけてみるか」

と、呟くと庭に出て、音をたてずに門をすり抜け、利兵衛の尾行を始めた。

利兵衛は真っすぐ、店には向かっていない。

鈍色の空の下、凍えそうな風が吹き抜ける。今にも雪が降りそうな、雪催いの昼下がりだ。

利兵衛は神田方面に足を向けた。

ひょっとして、と、外記は昨日、真中から報告を受けたある場所を思い浮かべた。利兵衛の歩調に迷いはなく、目的地があるのを物語っていた。

案の定、利兵衛が金主になっている賭場があるという妙祥寺に利兵衛は入っていった。

山門を潜り、本堂を横目に裏手へと向かった。

墓地を抜けると、やや広い野原になっている。練塀に囲まれており、妙祥寺の寺域のようだ。塀に焦げ跡があるのを見ると、元は伽藍が建っていたが焼失したのだろう。灌木と雑草が生い茂る野原に平屋がある。外記は平屋近くの灌木の陰に身を潜める。

平屋の背後に小山があった。

高さ三十間（約五十五メートル）ほど、自然の山ではなく人の手によって造られたものだ。江戸のあちらこちらに造作されている富士塚のような小山なのだろう。富士塚は富士信仰に基づき、富士山の形に作られる。

目の前の小山には富士山のような流麗さはない。頂きは平らで稜線はごつごつとし、山腹には奇岩が設けてある。人の立ち入りを拒んでいるかのようだ。

平屋の玄関からぞろぞろと唐人服を着た男たちがやって来た。真中から報告を受けたところによると、妙祥寺の賭場を開帳している博徒末吉と子分たちに違いない。奴らは度胸がなく、黄金党の襲撃を恐れ、あんな格好をしているのだとか。

いかにも、末吉はどじな親分であるのか。

唐人服の男らが去り、末吉と思われる男だけが残ると、利兵衛に頭を下げる。

「旦那、そろそろ、暴れさせてくださいよ」

末吉と思しき男が言った。

「なんだ、腕が鳴っているのかい」

「鈍っていけませんや」

末吉は腕をぶんぶんとまわした。

「まったく、血の気の多い連中だね」

利兵衛が苦笑すると、

「ですから、あっしらはやくざ者をやっているんじゃござんせんか。あっしらから乱暴さを取ってしまったら、何の取り柄もない、役立たずですよ」

言葉とは裏腹に末吉は誇らしげだ。

「自分で言ってれば、世話ないね。鳥居は思ったように、取り締まりを強化していないように見える。それは、町人たちにどんどん金を使わせて、贋金を摘発したいからだ。そこで、贋金を撒くのはやめた。鳥居はあてがはずれるだろうさ」

利兵衛の見通しに末吉は大きくうなずき、

「そいつは愉快ですがね、ここらで暴れたいですよ」

そうか、贋金をばら撒いたのは大和屋の仕業だったのだ。ひょっとして、ここで造作しているのだろうか。

「贋金をやめるのは大賛成だね。金(きん)が勿体ないですよ」

末吉は言った。

贋金といっても、多少の金を使っている。贋金を造るための金を用意しているのだろう。その金は何処から手に入れたのだろうか。

外記は強い興味をひかれた。

「その勿体ない金の管理はきちんとしているだろうね」

利兵衛は言った。

「間違いござんせんよ」

末吉は胸を張った。

「ま、いいけどね」

利兵衛はうなずいた。

「旦那、いよいよ、企てが成るんじゃござんせんか」

意味深なことを末吉は言った。

「ま、もうすぐだ」

「事が成ったら、あっしらは五千両を頂けるんですね」

「あたしは、約束は守るよ」

利兵衛が答えたところで、平屋から女が出てきた。

「お軽、相変わらず、別嬪(べっぴん)だね」

利兵衛が声をかけると、

「旦那は相変わらず世辞がうまいですね」

お軽は笑った。

それから表情を引き締め、

「五千両じゃ少ないよ。鳥居の身代金と同じじゃさ、何だか、割が悪いような気がしてならないさ」

お軽は抗議した。

「わかったよ。お軽に言われたら仕方ないね」

利兵衛は請け合った。

「ありがたい、いくらくれるんだい」

「一万両でどうだね」

利兵衛は言った。

「こいつは驚いた。気が遠くなるよ。ねえ、猪之吉……じゃなかった、末吉親分。鳥居を監禁していた時の癖が出ちゃったわよ。あんた、鳥居に振り回されていたものね」

お軽に言われ、

「ほんと、あんな身勝手で我儘な男はいませんや。ありゃあね、相当に根性がねじ曲がっていますよ。お軽姐さんは面と向かって世話していなかったからね、よかったでしょうがね」

うんざり顔で末吉は言った。

「お陰で五千両だよ。それに、旦那の企てがうまくいきゃあ、一万両が手に入るんだ。そうすりゃあ、死んだ亭主の供養にもなるってもんさ」

お軽はしんみりとなった。

「親分が亡くなって半年ですね」

末吉も声を詰まらせた。

亡くなった猪之吉は、お軽の亭主で、末吉の親分だった。半年前までは妙祥寺の賭場を仕切っていたのである。

「鳥居の奴……やっぱり、殺してやればよかったんですよ」

末吉は石ころを蹴飛ばした。

半年前、猪之吉は南町奉行所に捕縛された。派手な長羽織を着ているのが、奢侈禁止令に違反するとされたのだ。精々、五十敲き(たた)で解き放たれると思われたのだが、猪之吉が博徒の親分だと知ると、鳥居は賭場に出入りする客たちの名を吐かせようとした。

猪之吉は金主である利兵衛の名前も、出入りしてもらっている客たちのことも、一切語らなかった。

「鳥居の奴、親分が口を割らないもんだから、むげえ拷問(ごうもん)にかけやがった」

悔し気に末吉は言った。

利兵衛もそれを引き取り言った。

「猪之吉親分は、頑として白状しなかった。あたしやお客を守ってくれたんだ。見上げた親分だったよ」

「あたしゃ、鳥居を監視している時、何度殺してやろうって思ったことか」

お軽が言うと、

「そりゃ、あっしもですよ。あっしゃ、わざと親分の名前を名乗ったんだ。鳥居に向かって猪之吉って名乗った時、あいつは、親分のことなんか微塵も思い出した様子はなかった。猪の名前とは違ってとろい男だ、なんて馬鹿にしやがった。とんでもねえ野郎だ」

末吉は怒りが収まらないようだ。

利兵衛はうなずき、

「鳥居を苦い目に遭わせてやればいいよ」

「やってやりますよ」

末吉は拳を作った。

「なら、鳥居を誘い出さないとね。どうやっておびき出そうかと考えていたんだが、おまえたち、やってくれるかい」

利兵衛は表情を引き締めた。

「どうするんですか。どんなことでも、あっしはやりますぜ」

末吉が申し出ると、

「南町奉行所に出頭するんだ」

利兵衛は言った。

「ほう……」

末吉は利兵衛の意図が読めないのか、首を捻り、お軽を見た。お軽もわからないようだ。

「鳥居は末吉親分を黄金党の手下だと思っているだろう。だから、鳥居に会って黄金党を裏切った、隠れ家を垂れこみに来ましたって、訴えるんだ」

利兵衛の考えを聞き、

「わかりました。やりますよ」

末吉は請け合った。

それを、

「その役目、あたしがやるよ」

お軽が言った。

末吉は目をむいて、

「姐御、そいつはならねえよ。鳥居のことだ。素直に垂れこみを信じるかどうかわからない。ひょっとしたら、拷問にかけられるかもしれないんだよ」

続いて利兵衛も、

「やめた方がいいです。心配です」

しかし、お軽は、

「あたしが行く。鳥居に一泡吹かせてやらないことには気が済まないんだ。うちの人の無念を晴らしてやりたいんだよ」

切々とお軽は訴えかけた。

「いや、姐御」

末吉は躊躇いを示す。

お軽は利兵衛に向かって、

「旦那、あたしにやらせてくださいな。お願いしますよ」

と、深々と腰を折った。

利兵衛は声の調子を落とし、

「覚悟しているんだね。鳥居は女だって容赦しないよ」

と、目を凝らした。

「ですから、覚悟はできておりますって。旦那、お願いします」

お軽は並々ならぬ決意を示した。利兵衛は末吉に視線を向けた。末吉はうなずいた。

「お軽さん、任せるよ。うまいことやっておくれな」

利兵衛は言った。

お軽は小山に向かって両手を合わせた。

利兵衛と末吉も倣って合掌する。

「鍛山の神さま、どうぞ、あたしたちをお守りください」

大きな声で小山に祈願し、お軽は柏手を打った。利兵衛と末吉も両手を打ち鳴らした。

小山は、喜多方藩領内にある霊山、鍛山を模したものだった。喜多方藩は菩提寺に鍛山を設け、信仰の対象としている。鍛山はそれほど有難いのか怖いのか、とにかく大事な山なのだろう。


予想した通り、大和屋利兵衛と贋金造りは繋がっていた。おそらく、黄金党とも繋がっている。

利兵衛が贋金を造作し、黄金党がばら撒く。

彼らの狙いは何だろう。水野の政をかく乱することなのか。

幕府財政を破綻させることだろうか。しかし、贋金騒動は市中を騒がせ、大きな混乱を招いたが、幕府財政を傾けるまでには至っていない。先ほど利兵衛は「もう贋金を撒くのはやめた」と言っていた。悲願である、将軍家慶の日光社参も滞りなく実現できるだろう。利兵衛と黄金党が水野の政を妨害し、鳥居への復讐のために贋金騒動を起こしたのだろうか。

しかし、利兵衛はこれからが仕上げだと言っている。

果たして、奴らの狙いは何だ。

第三章　隠し金山

一

お軽は南町奉行所に出頭した。

「御奉行さまに会わせて欲しい」

と番士に訴えかけたのだが、訴えごとなら公事方に回れと言われた。直接御奉行さまに訴えたいと再度頼み、内与力の藤岡の名前を出した。

番士も藤岡の名前を出されるに及び、お軽の扱いを慎重にしようと思ったのか、藤岡に問い合わせた。

程なくして藤岡がやって来た。表門を入ってすぐ右手にある同心詰所の前で、藤岡は品定めをするような目でお軽を見ながら語りかけた。

「その方か、御奉行に訴えごとがあるとは。御奉行は多忙ゆえ、公事方に……あ、そうであったな。直接訴えたい重大事なのだな。それでは、わしが代わって聞こう」

と、ここで、

「黄金党だよ」

焦れてお軽は話を遮った。

「黄金党じゃと」

両目を大きく見開いた藤岡に、

「黄金党の隠れ家、お教えに来たんですよ」

お軽はにやりとした。

「ど、何処じゃ」

声を上ずらせ藤岡は問い詰める。

「ですから、直接、御奉行さまにお話し申し上げますよ」

お軽は強い口調で断じた。

一瞬の躊躇の後、

「わかった。いいだろう。こちらへ参れ」

藤岡は庭に回り込み奥に続く建屋の玄関に向かって歩き出した。

玄関を入ると、

「しばし、ここで待て」

と、お軽を残し、急ぎ足で藤岡は奥へ向かった。

「ふん、泡食っちゃってさ、だらしないね」

お軽はほくそ笑んだ。

そこは鳥居の役宅であった。戻ってきた藤岡の案内で裏庭に連れて来られ、さらに待つよう言われる。


役宅の書院で、鳥居は藤岡から、黄金党の隠れ家を知っている女が来たという報告を受けた。

「どのような女であった」

鳥居の問いかけに、

「伝法（でんぽう）な口を利きます。堅気（かたぎ）の町人ではないようです」

藤岡は答えた。

「このわしに会いたいとは、並の女ではあるまい。名前は……お軽と申したな」

「そのように名乗りました」

「そうか……面白い」

鳥居は冷笑を浮かべた。瞳が暗く淀（よど）み、鳥居にぴったりの陰湿（いんしつ）な表情となって告げた。

「よかろう。裏庭にまいる」

「承知しました」

藤岡はさっと立ち上がった。


鳥居は裏庭に面した濡れ縁に立った。斜め後ろに藤岡が控える。

お軽は片膝をつき、頭を下げた。

「構わぬ、面を上げよ」

鳥居は冷然と告げた。お軽は顔を上げ、鳥居を見上げて言った。

「しばらくでございます」

鳥居はしげしげとお軽を見下ろす。

「女、わしを監視しておった者じゃな」

鳥居が確かめるとお軽は視線をそらすことなく、

「十三日、御奉行さまをお世話しておりました。握り飯、あたしがこさえたのですよ」

鳥居は鼻で笑い、

「そうか、それは世話になったな」

「あたしのこさえた握り飯、お口に合わなかったようですが……」

「握り飯ばかりとあって、飽いてしまったのじゃ」

「お身の廻りは猪之吉がお世話しておりました」

「ああ、あのどじな男か。あいつも達者でおるか」

鳥居は猪之吉の名に特別な関心を示さなかった。お軽は唇を噛んだ後に言った。

「御奉行さまをかどわかしたのは、錣一刀斎率いる黄金党でございます」

「そのようじゃな。して、黄金党の隠れ家を存じておるそうではないか」

「下っ端とはいえ、仲間ですから知っております」

「よし、教えろ」

鳥居は乾いた口調で命じた。

「わたしがご案内申し上げます」

お軽は言った。

「それには及ばぬ。所在を申せば、南町で探し当てる」

苛立ち（いらだ）を込めて鳥居は返した。

「それはできませんね」

目元を引き締め、お軽は拒絶した。

「なんじゃと」

野太い声を漏らし、鳥居は口を曲げた。

「あたしがご案内申し上げます。御奉行さまはお一人でいらしてください。それでは、怖いですか」

お軽は毅然と告げる。

藤岡が立ち上がり、

「無礼者！」

と、気色ばんだ。

鳥居は藤岡に控えるよう命じて、お軽に向き直る。

「わしの身柄を黄金党に引き渡そうというのではあるまいな」

「既に身代金を頂戴しております。五千両も頂いて、もう、人質に取ろうとは思いませんわ」

「今度は命を望んでおるのではないか」

疑念を深める鳥居に、

「おや、妖怪奉行さま、案外と肝っ玉が小そうございますね。お命を頂戴するのでしたら、捕えていた間、いつでもできましたわ。殺しておいて、身代金だけ頂くって手もあったんですから」

お軽は早口にまくし立てた。

「なるほど、理屈じゃな。じゃが女、これから拷問にかけ、黄金党の隠れ家を白状させることもできるのじゃぞ。どうじゃ、褒美を取らせるゆえ、所在を申しては……」

誘いをかけるように鳥居は濡れ縁にしゃがみ込んだ。

「褒美っていくらですか」

興味を示すようにお軽はにんまりとした。

「五十両で、どうじゃ。首尾よく黄金党を捕縛したら、もう五十両をやる」

鳥居も笑みを返す。

「それは気前のよいことですが、褒美はいりませんわ。五千両もの身代金が手に入ったんですもの」

お軽はやんわりと断った。

「そうであったな。ならば、拷問がよいか」

鳥居は脅しに出た。

「拷問は御免蒙(こうむ)りたいですよ。ですから、御奉行さま、あたしの案内で黄金党の隠れ家に参りましょうよ」

物見遊山(ものみゆさん)に行くような調子でお軽は言った。

鳥居は話題を変えた。

「おまえ、どうして仲間を裏切る気になったのじゃ」

「怖くなったんですよ。黄金党って、乱暴な連中でしょう。あたしだって女ですからね、ばったばったと虫けらのように人を殺すなんて、とってもついていけません。今は威勢がいいでしょうが、いつか捕まりますよ。だから、足抜けがしたいって思ったんです。でも、ただ足抜けをしたら、黄金党に命を狙われます。だから、鳥居さまに黄金党をお縄にしてもらいたいんですよ」

熱を込めてお軽は話した。

「なるほどのう……」

思案するように鳥居は呟くと立ち上がり、お軽を見下ろした。

「しばし、待て」

そう告げて藤岡を伴(ともな)い書院に戻った。

「御奉行、あの女の戯言(たわごと)に乗せられてはなりません」

藤岡の諫言(かんげん)にうなずきながら、

「戯言ではあるまい。わしに戯言を訴えに来る町人などおらぬ。問題はあの女がまことに黄金党の隠れ家にわしを案内するのか、ということ、案内したとして、まことに黄金党を捕縛させるためなのか、つまり、わしに何らかの危害を加えるためではないのか、ということじゃ」

　慎重に思案しながら鳥居は言った。

「少なくとも、お軽は本音を隠しておると思います」

「それはそうであろうが、拷問される覚悟でわしを誘い出そうとする目的が気にかかる。それにな、その方らの不手際でわしは赤っ恥をかいておるのだ。読売めが、わしのかどわかしを面白おかしく書き立て、挙句に身代金を贋金で払ったなどと騒ぎ立てられておるのじゃぞ」

　鳥居は怒りをかき立てた。

「申し訳ござりませぬ」

　藤岡は面を伏せた。

「この上は、わしの手で黄金党を捕縛せぬことには我慢がならぬ。一人残らず、一味を捕縛し、身を切り刻んでやる」

　顔を朱に染め、鳥居は決意を示した。

　藤岡は口を閉ざした。

「それには、一味の隠れ家を突き止めねばならぬ。同心どもが探り当てられない体たらくなら、わしが見つけてやる。お軽の誘いに乗ってやろうぞ」

「お止めなされませ」

それでも、藤岡は強く否定した。

「心配には及ばぬ」

鳥居は書院を出て再び濡れ縁に立つ。藤岡もついて来た。

鳥居は庭先に跪くお軽に視線を落とした。

「確かに、おまえはわしをかどわかした一味の者のようじゃ。わしのところに出頭してくるとは、肝が据わっておる」

改めて鳥居は言った。

「妖怪奉行さまに褒めて頂くとは、うれしい限りですよ」

お軽は不敵に笑った。

「この者の申すこと、信用できませぬぞ」

憎々し気に藤岡は横から口を挟んだ。

鳥居は縁側にしゃがみ込み、お軽を睨んだ。

「信用できるのじゃな」

意地の悪い声音と表情で問いかける。

「それは、鳥居さまのお気持ち次第……というより、肝次第ですよ」

挑戦的な笑みを浮かべ、お軽は返した。

「女、わしを試すか」

鳥居は気色ばんだ。

「あたしは、わざわざ捕まりに来たんですよ。死罪覚悟ですよ。死罪覚悟の女の垂れこみを御奉行さまは、しっかり受け止めてくださいな」

お軽は言った。

「わかった。そなたの申すこと、まことであるのなら罪には問わぬ。それどころか、褒美もやろう。五千両得たのだから不要と申したが、金はいくらあってもよい。金に加えて通行手形を出してやる。何処なりと、好きな土地で暮らすがよい」

猫なで声となって鳥居は約束した。

「それは、よくないかと」

藤岡が口を挟んだ。

「度胸のないお方だね」

お軽は蔑(さげす)んだ。

「何を」

藤岡は怒りに拳を震わせた。

「よろしいんですね。あたしを拷問にかけないで、あたしについて来るんですね」

お軽は念押しをした。

「よし、案内せよ」

鳥居は立ち上がった。

「そうこなくちゃ」

お軽は両手を叩いた。

「ここで、待て。支度をしてまいる」

鳥居は奥へ引っ込んだ。

藤岡が追いかけてくる。

「御前、あんな者の口車に乗ってはなりませぬ。やはり、お止めになるべきです」

顔を歪(ゆが)め藤岡は訴えかけた。鳥居はにんまりとして、

「隠密同心にわしをつけさせろ」

と命じた。

藤岡も笑みを浮かべ、

「承知しました」

と、得心がいったようにうなずいた。

鳥居は頭巾を被り、羽織、袴の略装に着替え駕籠に乗った。お軽が先導して、南町奉行所を出る。

お軽は余裕しゃくしゃく、鼻歌を唄いながら進む。冬晴れの昼下がり、空は澄み渡っていた。

外記も動き出した。

お軽の動きを見定め、南町奉行所に駆け込むのを確認していた。利兵衛にお軽は自分が鳥居を誘い出すと申し出たので、きっと南町奉行所に行くと、張り込んでいたのである。

相州屋重吉の扮装で、鳥居を乗せた駕籠と先導するお軽の後をつけた。行く先の見当はついている。妙祥寺の平屋だろう。

そう分かってはいたが、外記は一定の距離を取り、尾行を続けた。

鳥居を乗せた駕籠を南町奉行所の隠密同心三人が追っていることに外記は気づいていた。彼らは、飛脚、浪人、大工に扮装して江戸の町に溶け込んでいた。

お軽は神田の妙祥寺に入っていった。

駕籠が止められ、鳥居は下りた。

「ここ、鳥居さまが監禁されていた所ですよ」

お軽が言うと、

「そうか、そういうことか」

鳥居は見回した。

「こっちですよ」

お軽は軽やかに進む。

「待て」

鳥居は焦りを募らせる。

お軽は本堂の裏手へと進んでいった。あの平屋に行くに違いない。進もうとした鳥居の周囲に隠密同心たちが集まる。鳥居は、目で遠ざけ、単身、お軽の後を追っていく。

外記は丹田呼吸に入った。口から小刻みに息を吸っては吐き、を繰り返す。全身の血が巡り、頬が紅潮してきた。

丹田が気で溢れ返った。

隠密同心たちは顔を見合わせ、話を始めた。遠ざけられたものの、鳥居の身を案じたようで、彼らも本堂に向かおうとしている。

すかさず外記は背後から忍び寄り、立ち止まると、杖を地べたに置く。次いで、右掌を広げて前方に突き出すと左手を腰に置いた。

双眸をかっと見開き、腹の底から声を振り絞り、右手を前方に突き出した。

背を向けたままの隠密同心三人を、陽炎が包み込んだ。三人の動きが止まる。陽炎の揺らめきの中、稲妻が轟いた。三人は相撲取りの突っ張りを食らったように、強い勢いで吹き飛んだ。

三人はうつぶせに倒れたまま失神した。

その横を外記は杖をつきながら、悠然と歩いていった。


鳥居は本堂の裏手に出た。

墓地があり、その先は野原が広がっていて、焼けた塀と大きな平屋があった。そこから、お軽と共に一人の男がやって来た。

「御奉行さま、その節はありがとうございました」

男は、猪之吉だと名乗った。

鳥居は薄笑いを浮かべ、

「貴様があの時の猪之吉か。わしを監視していた時もどじな男と想像しておったのだが、やはり、思った通りの冴えない男よな」

鳥居らしい無遠慮で辛辣な批評を加えた。

「こいつはご挨拶ですね。あっしゃ、一生懸命、御奉行さまにお仕えしたんですよ」

猪之吉は頭を掻いた。

「ふん、役立たずが。それより、ここが贋金造りの本拠か」

鳥居は言った。

「そういうこって」

猪之吉が返事をしたところで、

「御奉行！」

大きな声が聞こえた。

平屋から大男が現れた。

関羽のような男、錣一刀斎である。

「貴様が錣一刀斎か、ぬけぬけと、よくもわしの前に顔を出せたものじゃな」

鳥居は苦々し気に罵声を浴びせた。

「わしは、貴殿の命を助けたのだぞ」

一刀斎は言った。

「女、どういうことだ。わしを誘い出して殺そうというのか」

鳥居はお軽を睨んだ。

「ですから、御奉行所でも言ったじゃござんせんか。それだったら、かどわかした時に、お命を奪っていますって」

お軽に反論され、

「ならば、改めて問う。その方らがわしをさらっておいて、それでわしを助けるとは、一体、どういうつもりじゃ」

鳥居は睨みつけた。

「そのために来てもらったのだ」

一刀斎が答えた。

「ふん、よかろう、話を聞いてやる」

威厳を保つために鳥居は余裕の笑みを浮かべた。

「この贋金造り、喜多方藩が行っておるのじゃ」

一刀斎は言った。

「喜多方藩じゃと」

鳥居は目を見張った。

「そうだ。喜多方藩よ」

一刀斎は繰り返した。鳥居は平屋に向かった。引き戸を開け、中に入った。

「おおっ」

鳥居は目を見張った。

無人だが、巨大な坩堝(るつぼ)が並び、秤や黄金の塊(かたまり)が並べられている。厳寒の外とは対照的に平屋の中は熱気が籠もり、じきに鳥居は汗ばみ、突き出た額に汗が滲んだ。

「なるほどな」

鳥居はここが贋金造りの現場だと確信した。

鳥居は陰気な目となり、

「喜多方藩がよくも贋金を造れたものじゃな。贋金と申しても、金を必要とする。喜多方藩にそんなにも金があるのか」

鳥居は深い疑念を催した。

一刀斎は鳥居から視線をそらさず、

「喜多方藩領内で、金山(きんざん)が見つかったのだ」

と、告げた。

「金山じゃと」

鳥居は目を見張った。

「ああ、金山じゃ」

一刀斎は首肯した。

「それはまた……金山……隠し金山ということか。喜多方藩は物産商いの利によって藩の台所を好転させたのではないのか」

鳥居は目を凝らした。

「それもあっただろうが、実際は金山の発見だ」

「金山はすべからく、公儀の管轄にすべきものであるぞ。よくも、その禁を破ってくれたものよ」

苦々し気に鳥居は舌打ちをした。

「まこと、ゆゆしき御家だな」

一刀斎は言った。

「貴様、どうしてそのことを知っておるのだ」

不審を抱いたのか、鳥居は問い質した。

「賭場だ。ここの近くに賭場があってな、そこでのめり込んだ喜多方藩の勘定方の侍がおった。その侍に確かめたのだ」

一刀斎は答えた。その口調には淀みなく、一点の曇りもない。

「ほう、そうか」

鳥居は思案するように腕を組んだ。

「どうする気だ」

一刀斎は聞いてきた。

「むろん、黙ってはおれぬ。公儀の禁に触れたばかりか、贋金などを造り、公儀を惑わすとはな」

鳥居は言った。

「ならば、喜多方藩の改易に動くか」

一刀斎に言われ、

「当たり前のことじゃ」

鳥居は胸を張った。

「それでこそ、妖怪奉行だ」

一刀斎はにんまりとした。

「貴様、どうして、喜多方藩をわしに売ったのだ」

鳥居は問いかけた。

「恨みだ」

一刀斎は吐き捨てた。

「ほほう、どのような恨みだ」

「どんな恨みだろうが、構うまい。要するに喜多方藩という獲物をいかにすべきかではないのか」

一刀斎は言う。

「ふん、まあ、それはそうだ。貴様の恨みなどどうでもいいことじゃ」

「さすがは妖怪奉行さま」

一刀斎は笑った。

「よし、喜多方藩を改易してやるぞ」

鳥居は決意を新たにした。


一部始終を外記は灌木の陰で聞いていた。

大和屋利兵衛はやはり黄金党と繋がっていた。喜多方藩は何のために贋金造りなどしたのだろうか。それはともかく、鳥居は喜多方藩の隠し金山の摘発に動き、改易に追い込む肚を決めた。なぜ大和屋は得意先である喜多方藩を改易に追い込むのだろうか。

二

妙祥寺を出ると鳥居は水野忠邦を訪ねた。

かどわかされたという失点を帳消しにし、水野の信頼を取り戻さねばならない。

水野は冷めた目で鳥居に応接した。

「黄金党の狙いがわかりました」

声を弾ませ、鳥居は言った。

「申せ」

素っ気なく水野は命じた。

「黄金党は喜多方藩の改易を望んでおります」

「なんじゃと」

意外な鳥居の報告にさすがの水野も表情を変えた。喜多方藩と黄金党が結びつかず、しばし目を凝らしていたが、

「順序立てて話してみよ」

と、あくまで冷静な口調で命じた。

鳥居は、お軽の密告から、神田にある贋金鋳造所に案内された経緯をかいつまんで報告した。

水野はふむふむと聞き、喜多方藩の隠し金山に話が及ぶと、

「そうか、隠し金山か」

目を輝かせた。

鳥居もにんまりとする。

「これは、面白くなってきたな」

という水野の言葉にうなずき、

「喜多方藩を改易に追い込み、金山を公儀のものとすれば台所は大いに潤います」

鳥居は言った。

「喜多方藩領の内、半分を親藩（しんぱん）の会津藩に加増し、残りを公儀の直轄地とするか」

水野も捕らぬ狸の皮算用をした。

「さすれば、来年に控える上さまの日光社参は、万全の準備ができます」

「そうじゃ、日光へお供し参拝した後、わしは喜多方まで足を延ばし、金山を検分致そう」

水野は遠い目をした。

心は隠し金山に向いたようだ。鳥居は安堵した。

が、それも束の間のことで、

「喜多方藩の隠し金山、しかと相違ないか、確かめねばならぬ。御庭番を喜多方藩領内に派遣するとして、容易には探し当てられまい。じゃが、そなたが申したように贋金造りには金を要する。その金の出所と考えれば、隠し金山の存在は裏付けられるが、実際の現場を確認せねばならん」

水野は慎重な姿勢を見せた。

すると、鳥居は突き出たおでこを光らせて言った。

「かりに、隠し金山を探し当てられなくとも、喜多方藩が贋金を造っていたとなれば、立派な改易の理由となります。領地を召し上げた上で、じっくりと隠し金山を探せばよろしいかと存じます。喜多方藩十万石を会津藩と折半したとしても、五万石の増収となりますぞ」

「そなたの申す通りであるな。とにかく、喜多方藩が贋金を造作しておること、しかと確かめよ」

水野は命じた。

「承知しました」

鳥居は突き出た額を畳にこすりつけた。

それからおずおずと顔を上げ、

「水野さま、拙者の勘定奉行兼務の一件でござりますが」

と、話題を変えた。

「そのことなら、目下検討しておる」

水野は不機嫌になった。

鳥居は町奉行のまま勘定奉行にも就任したいと願い出ている。自分の手腕で幕府財政を潤沢にしたいと、強く希望しているのだ。そのために、印旛沼(いんばぬま)の干拓(かんたく)を進言してもいた。

「これで、喜多方藩に隠し金山があったとしますと、勘定奉行の役職が重要となります」

鳥居は言った。

「いかにもさようじゃが、町奉行と勘定奉行の兼務となるとな」

町奉行と勘定奉行は旗本が就ける役方の最高職だ。どちらも役高三千石だが、町奉行の役料が二千両なのに対し、勘定奉行は五百両である。また、江戸城での控えの間、芙蓉(ふよう)の間においても町奉行は勘定奉行の上席に座った。

このため、勘定奉行を経て町奉行に就任するのが慣例で、町奉行から勘定奉行に成る者はいない。鳥居の勘定奉行への異動願いが兼務であるのは、そうしたことによる。

「どうか、お願い致します。必ずや、水野さまのお役に立ちます」

鳥居は言葉に力を込めた。

「確かに、そなたならば、天領からの年貢取り立ても厳しく実行できるであろう。この先、上さまの日光社参ばかりか海防にも殊の外に金子を要する。公儀の金蔵にはどれだけ金子が唸ろうが、不足ということはあるまい」

水野は鳥居の考えに賛同を示した。

「まさしくその通りでござります」

「しかし、そなた、益々、風当たりが強くなるぞ」

「それは覚悟の上でござります。水野さまとて同じではござりませぬか。嫌われるくらいでなければ、よき仕事はできませぬ」

鳥居は覚悟を話した。

「まさしく、その通りじゃな」

水野もうなずく。

「世の中、民に媚びるようではなりませぬ」

「うむ」

二人はその点で意見の一致をみた。

「よし、勘定奉行を兼務させてやる。そのためにも、喜多方藩を追い込め」

水野は切れ長の目を光らせた。

「御意にござります」

声を励まし、鳥居は承知した。

「鳥居、言葉だけ、口先だけではならぬぞ」

水野は改まった口調で言った。

「むろんのことでございます」

鳥居はかっと目を見開いた。

水野は鳥居の決意を受け入れるように軽くうなずくと、乾いた口調で述べ立てた。

「わしは改革を行っておる。改革の目的は、ひとえに、徳川宗家(そうけ)のためである。神君家康公以来……」

水野は勿体ぶって言葉を止め、空咳(からぜき)をした。

徳川家にとって絶対の存在、徳川家康の名前を出され、鳥居は背筋をぴんと伸ばし、畏まった顔になった。

水野は満足げにうなずき、話を続けた。

「家康公の御代(みよ)こそが、公儀の政の範(はん)である。家康公は苦労に苦労を重ねられ、天下を統(す)

べられた。家康公のご苦労を思うため、正月に食する雑煮に餅はなし。我が家の雑煮は、それに倣っておるが、鳥居はどうじゃ」

水野は切れ長の目で問いかけた。

「むろん、拙者も同様に元旦の雑煮には餅を入れておりませぬ」

声を張り上げ、鳥居は言った。

歴代将軍は正月元旦の雑煮に餅を入れずに食するのが慣例である。神君家康公は正月といえども、のんびり座して雑煮を味わう暇などなかった。その御苦労を思えという徳川宗家の戒めである。

「家康公は類まれなる為政者であられた。畏れ多きことながら、家康公の最も偉大なところは、死後に遺された三百万両の蓄えである」

水野は言った。

「三百万両……」

鳥居も口を半開きにした。

「それ、ひとえに、家康公の質素倹約、贅沢華美を戒めた暮らしぶりによる。木綿の着物で通し、麦飯を食すなど、常日頃から暮らしを律しておられた。黄金の茶室を造り、煌びやかな着物で飾り立て、数多の側女を侍らせ、贅の限りを尽くした太閤とは正反対。これが、豊臣が滅び、徳川が隆盛を誇った理由ぞ」

　水野の言葉に鳥居も深く納得し、

「まさしく、その通りでございます。贅沢華美は武士の敵でございます」

「いかにも。贅沢にうつつを抜かし、だれきった世となっては、西洋諸国の侵略を受ける。海防が叫ばれる中、日本中が緊張を強いられなければならない」

「おおせの通りにござります」

　鳥居は相槌を打った。

「金とはな、使うものにあらず、蓄えるものじゃ。兵馬、武器同様に金銀銭も蓄えるのじゃ。それを、無駄に使うのならまだしも、贋金を造ってばら撒くとは、何事じゃ」

　語る内に水野は激してきた。

「まさしく黄金党と喜多方藩は天下の謀反人でございます」

　鳥居が言うと、

「まさしく謀反人じゃ」

　水野は断じた。

「それでは。贋金とはさしずめ、謀反金でございますな」

「謀反金とは言い得て妙ぞ」

水野は肩を揺すって笑った。

「謀反人たる喜多方藩、断じて許しませぬ。天下の通用金に謀反金が紛れぬように、拙者、勘定奉行として謀反人を残らず討伐致します」

鳥居は言った。

「その方の気持ちはよくわかった」

「ありがとうございます」

「今度はぬかるな」

水野は冷めた目に戻った。

「ご期待に添うよう全身全霊で尽くします」

大袈裟な言葉を鳥居は臆面もなく言った。まさしく、それが鳥居耀蔵である。

「しかと、頼む。くどいようじゃが、元文、文政小判の回収も進めよ。一両でも多く、天保小判と引き換えるのじゃ」

話を切り上げ、水野は立ち上がった。

鳥居は平伏した。

水野はよほど、旧小判の回収に執着しているようだ。天保小判より金の含有量の多い、元文、文政小判を回収できれば、幕府の金蔵は潤う。貨幣改鋳は打ち出の小槌のようなものだ。

橋場鏡ヶ池の外記宅に真中と義助、小峰春風、それに村山庵斎が集まった。

外記は、妙祥寺の寺域にある平屋で贋金が造られ、唐人服を着た黄金党が隠れ家としているのを語り、毅然として言った。

「奴らをまとめておるのは、大和屋利兵衛だ」

真中が唸り、

「大和屋が黒幕ですか。では賭場の末吉は本物の黄金党か」

続いて義助が、

「じゃあ、関羽みたいな野郎、錣一刀斎でしたっけ、そいつは一体何者なんでしょうね」

これを受けて春風も、

「錣とは珍しい名ですな、きっと何か由来があるのでしょうな」

すると庵斎が、

「喜多方藩領内にある地名なのではないか」

「そうだ、きっと、そうですよ」

義助は両手を打ち鳴らした。

すると、木戸から、

「くず〜い」

という呼び声と共に紙屑屋に扮した村垣与三郎が入って来た。

外記は村垣にも談義の場に加わるよう頼んだ。村垣は外記をはじめとする闇御庭番の面々の探索費として金子を持参したのだ。

外記が大和屋利兵衛による贋金造作、更には黄金党との関わりを語った。

「今回の贋金騒動は大和屋利兵衛が仕組んだものとしまして、一体、狙いは何でしょう。両替商が贋金を撒いて、一体、何の得があるのでしょう」

村垣の疑問には外記も答えられない。

村垣は続けた。

「ところで、水野さまの命により、喜多方藩領に公儀御庭番が派遣されることになりました。水野さまは喜多方藩領内に隠し金山があるとお疑いで、金山の摘発と喜多方藩宇田川家に公儀への謀反の気配はないか、探索するように命じられました」

「隠し金山ですか。そりゃ、すげえや」

義助が驚きを示すと、

「隠し金山が見つかったなら、水野さまは喜多方藩改易に動くでしょう」

村垣の考えを受け、

「まさしく、隠し金山と贋金造りとは格好の改易材料ですな」

外記は危（あや）ぶんだ。

ここで庵斎が、

「錣山……思い出しましたぞ。喜多方藩領内の山、磐梯山系に連なる山でしたな。このあいだの大和屋のお座敷で耳にしたことがあります。そう、喜多方藩の方に聞きましたぞ。勘定方のご家来からです」

続いて春風も、

「そうそう、霊山だそうですぞ。武芸を極めるには、錣山で山籠もりをしなければならないそうです。藩主の御前試合で第一等となった者から、更に選りすぐって入山が許されるとか」

「その勘定方の侍とはだれですか」

真中が問いかけると、

「勘定方の花田平九郎とおっしゃった。俳諧好きで、わしを存じておった」

庵斎は顎髭を撫でた。

「錣山ですか。変わった名前ですな。何か由来がありますか」

村垣の問いかけに、

「冬には立ち入れないと花田さまはおっしゃっていましたな。大層、雪が深くなり、地元の猟師でも遭難することがあるそうです」

庵斎が答えると、義助が続けた。

「それって、人を立ち入らせないための口実なんじゃございませんか」

「鍛山が隠し金山ということか」

庵斎は問い直した。

義助は、「きっとそうですよ」と決めてかかった。

村垣は外記に向いた。

「外記どのは鍛山について、いかに思われますか。隠し金山だとお考えになりますか」

「鍛山……意味深な名前ですな。しころ、並べ替えればころし、ですぞ」

外記の話を受け、義助が畳にしころところしを書き、

「なるほど、その通りですね。殺しの山ってことですか。こりゃ、どういうことでしょう」

「無暗（むやみ）に足を踏み入れると殺されるということかもしれませんな」

庵斎が言った。

「やはり、金山ですか」

「決めつけられませんがな、調べる価値はあるかもしれません」

　庵斎が意見を添えた。

「派遣される御庭番にも報せます」

　すると、庵斎が、

「冬山は危険です。くれぐれも用心なされよ。ああ、そうじゃ、わたしも花田さまに当たってみます。句会に出席して欲しいと頼まれておりましたのでな」

「それはいい」

　村垣は期待するような目をした。

　するとそれまで黙っていた真中が、

「わたしも気になる点があります」

　と、発言を求めた。

　外記はうなずいた。

「花田どのの部下、わたしが懇意にしておりました佐々岡どのについてなのですが、藩主の御前試合で三年連続第一等を獲得するような優秀な剣客でした。武芸修業を極めるための霊山があるが、そこに足を踏み入れるのを許されていないと申されておりました。庵斎さんと春風さんのお話で、その霊山が鉱山とわかりました。それはいいのですが、何故佐々岡どのは入山を許されなかったのか。三年連続第一等では、不足なのでしょうか。それとも、剣の腕以外に求められるものがあるのでしょうか。御前試合第一等の者の中から選りすぐるとは、何か試験があるのでしょうか……あい、いや、佐々岡どのを思い出し、私的な疑問を口に出してしまいました」

真中の話を引き取り外記が言った。

「神聖なる山と殺しの山とは正反対だが……対になっておるのかもしれぬな」

「対ですか、なるほど」

村垣はうなずいた。

外記は続けた。

「しかし、今頃、金山など、見つかるものであろうかな」

外記の疑念に村垣が、

「喜多方藩がまこと贋金を造っておるとしますと、たとえ贋小判を鋳造するにも金は必要でござります。加えて、大和屋へは多額の借金を返済しております。物産の商いが好調というだけで、莫大な借財を返済できるものでしょうか」

「なるほど、村垣どのの申されること、ごもっともですが、どうも……」

村垣の考えを否定するのを憚り、外記は言葉を濁した。

「大和屋さんはあんなにも大盤振る舞いをしたんですよ。儲かっていなきゃできませんや」

義助が言い添えた。

「外記どの、拙者に遠慮なさらず、腹蔵のないお考えをお聞かせください」

と、村垣に言われ、

「わたしは、近年、金山が発見されたというのがどうにも納得できないのです。日本では枯渇とまではいかぬが、かなりの金がすでに採り尽くされておろう。藩の財政を好転させるような大量の金が発掘されるとは、合点がゆきませぬ」

外記は疑問を拭えないと言い添えた。

「隠し金山など存在しないと、お考えなのですね」

村垣の念押しに、外記は表情を引き締めて答えた。

「黄金党と大和屋利兵衛は、鳥居さま、水野さまに贋の作り話を摑ませたのでは、と考えております。隠し金山、いかにも興味をそそられますな。贋金同様に、隠し金山も贋物」

「贋金山……」

村垣は言った。

「こいつは、面白い」

義助は手を打った。

「ならば、御庭番派遣は中止をした方がよいですか」

村垣が確かめると、

「いや、それはよろしくないですな」

きっぱりと外記は首を左右に振った。

「いかにも、ここは水野さまの目を隠し金山に向けるのがよろしかろうと、存じますぞ」

庵斎も意見を添えた。

「では、このことは内密にして、予定通り御庭番は喜多方藩に派遣する、ということに致します」

村垣は失礼しますと言い残し、去っていった。

庵斎が、

「ならば、いよいよわしの出番ですな」

と、真っ白な顎髭を撫でた。

「頼むぞ」

外記も期待を寄せた。

先ほどから考え込んでいた真中が、

「錣一刀斎とは何者でしょうか」

と、改めて疑問を投げかけた。

義助が、

「それとですよ、どうして錣一刀斎は関羽の格好をしているんでしょうかね」

「唐人に扮した黄金党を生かすためであろう」

真中が答えた。

「どういうことですか」

「弩を使うのだ。弩は弓に比べて修練を要しない。妙祥寺の賭場を仕切っておる末吉一家の者たちでも、弩なら使える」

「そうか、弩を武器にして、唐人に扮すればやくざ者であるのを誤魔化せますね」

義助は感心してうなずいた。

「ただ、錣一刀斎のみは、相当な腕だ」

外記は深川の賭場で目撃した一刀斎の暴れぶりを語った。

「錣一刀斎は、喜多方藩宇田川家中の者なのでしょうか」

「わしが花田平九郎に探りを入れましょうぞ」

庵斎が請け合った。

庵斎は句会が開かれると聞き受け、大和屋を訪れた。

店を覗くと、今日も喜多方藩の侍が複数訪れ、藩札を交換していた。勘定方組頭花田平九郎が利兵衛と談笑をしている。

花田は庵斎に気づいた。

「おお、これは村山師匠ではござらぬか。来てくださったのですな」

相好を崩して花田が声をかけてきた。

庵斎もにっこりと笑った。利兵衛が庵斎を店に上げ、花田と共に客間へと案内をした。

お茶と羊羹を食べながら、庵斎はにこやかに語りかけた。

「実は来春にも喜多方を訪れようと思っておるのです」

「ほう、それはよろしいですな」

利兵衛が言った。

花田もうなずく。

「先だって大和屋さんのお座敷で耳にしました喜多方藩領内の霊山、綴山に行こうと思いましてな」

庵斎は言った。

「鍛山に行かれるか。まあ、春であれば大丈夫ですが、くれぐれも用心なされよ。現地で案内人を雇った方がよろしいですな」

花田の助言にそうしますと答えてから、

「鍛山についてもう少しお聞かせくだされ。神聖なる山とは聞いておりましたが」

「まあ、霊山と申しましょうか、女人禁制ですな。そこで修行を積み、武運を願う者は、無双の武芸者になれるのです」

花田は言った。

「それは、名誉なことなのですな」

「大変なあがめられようですな」

「花田さまは鍛山に立ち入りを許されたのでしたな」

「さよう」

短く答えたが花田は誇らしそうだ。

「大したものですな」

「いや、拙者、これでも、武芸にはいささか研鑽を積んでおりましたのでな」

「藩主さまの御前試合で第一等になるだけでは、足りないのですな」

「さよう。一度第一等となったくらいではなりませぬな」

「すると、何度も第一等を重ねないといけませぬのか」

「三年連続ですな」

「それは、かなり難しいことですな」

庵斎は顎髭を撫でた。

「三年連続で第一等となった方は鍛山に入山できるのですな」

「ですが、あまりにも殺気立った者は入山できませんな」

花田は顔をしかめた。

「と、申されますと」

庵斎は首を傾げた。

「殺気立っておりますと、山の神が嫌います」

「殺気立ったとはどのように、見極めるのですか」

「城下の道場主の判定ですな」

花田は言った。

道場主が第一等の者の剣を見て、殺気立っているようだったら入山を認めないのだそうだ。

「これまでに、そのようなお方は、おられたのですかな」

庵斎が問いかけた時、利兵衛の目がわずかながらに揺れたのに気づいた。

「さよう、おりますな」

花田は困った顔をした。

「親しきお方だったのですか」

「何を隠そう、拙者の部下でござった」

花田は言った。

「ほう、勘定方の。それは、また、ずいぶんと意外ですな」

庵斎は首を傾げた。

「いや、その者は、あまりにも殺気立っておりましたゆえ、馬廻りにもなれなかったのです。拙者もずいぶんと諭したのですがな」

「それはどういうことなのですか」

「剣を手にすると夢中になってしまうのですな。それゆえ、風流を解するよう俳諧なども勧めたのですが、どうにも聞き入れません。それで、拙者の目の届くところに置いておきました」

「それでは勘定方ですか」

「さよう」

「ならば、そのお方も次回ご一緒にいかがですか。一句捻るということで」

庵斎が勧めると、

「それは無理ですな」

花田の声は曇った。

「頑として俳諧はおやりになりませぬか」

「いや、やろうにもやれぬのです。その、つまり、死んだのですな」

花田は言った。

「亡くなられた……それはまた」

庵斎は驚きの表情を浮かべた。

「まあ、役目上のしくじりによりましてな」

「もしかして、腹を召されたとか」

「そういうことです」

花田はうなずいた。

「そうでしたか」

庵斎は一句捻った。

「年の瀬に名残惜しや錣山」

「その者の供養と致しましょう」

花田は言った。

「ところで、錣山はいつの頃から、そのような霊山となったのですか」

「宇田川家が喜多方の地に来るよりもはるかに遠い昔ですな。徳川の世よりも古い世……戦国、足利……」

花田も起源は知らないそうだ。

「それは、益々、興味深いですな」

庵斎は顎髭を撫でた。

「師匠の好奇心を満たすものであればよろしいのですが、実際は期待外れかもしれませんぞ。幽霊の正体見たり枯れ尾花、と申しますからな」

声を上げて花田は笑った。

「芭蕉翁がおくのほそ道の旅に出ましたな」

「むろん、拙者もおくのほそ道は読んだことがござりますぞ」

花田は顔を輝かせた。

「では、芭蕉翁の旅の目的が俳諧ではなく、別にあったという噂話をご存じですかな」

「それは、たとえば、芭蕉翁は隠密で、奥羽の探索、わけても仙台藩伊達家の探索であったということですか」

「よくご存じですな。いかにも伊達家の探索という噂もありますし、もう一つには隠し金山探索というのがございましたな」

「ほう、隠し金山とな」

花田は言った。

「隠し金山です」

もう一度、庵斎は意味深な様子で繰り返した。花田は黙り込んだ。空気が重くなったと感じたのか、黙って二人の話を聞いていた利兵衛が言った。

「村山師匠、まさか、鉱山が隠し金山だとお疑いですか」

笑顔で問いかけてきた。

「それでしたら、面白いなあと」

庵斎は花田を見た。

「それでしたら、面白いですな。当家も隠し金山などという打ち出の小槌がありましたなら、台所は大いに潤う。我ら勘定方の役人が苦労しなくて済みます」

花田は言った。

「まこと、その通りでござりますとも。手前の貸付金も苦労なく返済を頂いたことでござりましょう」

利兵衛も言った。

「そうですな、いや、わたしはどうも、面白おかしく物事を考えるくせがありましてな。ああ、いかんいかん」

頭を撫で庵斎は苦笑を漏らした。

「金山がまことあればよいですな」

花田は屈託なく笑った。

花田は大和屋を出た。

そこへ真中がやって来た。庵斎が大和屋に探りを入れると聞き、気になり足を向けたのだった。そこで、花田を見かけた。花田は急いでいる。足早だ。何か焦っているように見えた。これは尾行すべきだと真中は思った。真中は方角からして神田の妙祥寺であろうと見当をつけた。

人混みにあっても、長身の花田は頭一つ抜けているため、見失うことはない。

やはり妙祥寺へやって来た。

花田は本堂裏手の平屋へと向かった。

真中も続く。

と、花田は立ち止まり、急に振り返った。真中が身を隠すゆとりもなかった。

「真中どのではないか」

花田は野太い声を発した。

真中は黙っている。

「こんなところで何をしておられる」

「貴殿をつけて参った」

真中は返した。

「何のために」

「その平屋、喜多方藩の持ち物でござるな」

真中は平屋を指差した。

「いかにも、ここは、当家の菩提寺ですからな」

「そこで、贋金を造っておるのか」

「馬鹿な」

「隠し金山で採掘(さいくつ)した金で造作をしておるのではないのか」

「世迷言(よまいごと)を申すな」

花田は言った。

「世迷言にあらず」

真中は声を大きくした。

「貴様、さては公儀の隠密か」

花田は言うや、刀を抜いた。真中も抜く。

六尺近い花田にふさわしい刃渡り二尺七寸（約八十二センチ）はあろうかという長寸の刀だ。手入れが行き届いた刀身は匂い立ち、薄日を弾いている。

迅速果敢な動きで花田は間合いを詰めてきた。対して真中は立ったまま、防御の構えを取った。

花田は大上段から振り下ろした。

真中はとっさに受ける。

すさまじい衝撃を受けた。

長身から繰り出された斬撃は予想以上で、受け止めるのが精一杯だ。

「おお！」

花田は攻撃の手を止めない。迅速且つ正確な太刀筋で再び真中に斬りかかってきた。

真中は背後に飛びすさり、花田との間合いを取った。

「花田どの、いや、錣一刀斎！」

真中は叫び立てた。

花田は刀を構えたまま動きを止めた。

「貴殿であろう。錣一刀斎を名乗る者」

問いを重ねる。

「わしは錣一刀斎ではない」

「真剣でやり合っておるのだ。嘘偽りはやめよ」

真中は目を凝らした。

「嘘ではない。錣一刀斎はわしよりも腕は上じゃ」

躊躇いもなく、花田は答えた。

霊山錣山が思い出される。

「錣山に入山できた者か」

「いや、一刀斎は敢えて、入山しなかった。己が剣に殺意を込めるためにな」

「殺意とは……」

「錣山はころしの山だ。霊山ではあるが、古より、屍が捨てられてきた。屍となった者は、喜多方藩領に潜入した隠密、あるいは藩内の謀反人。すなわち、表沙汰にできない処刑が下された者。錣一刀斎はその処刑を行う者、死の穢(けが)れをいとわぬ者、言ってみれば、殺しを楽しむ者じゃ」

花田は不敵な笑みを浮かべた。

「では、それは何者……」

「最早、問答無用ぞ」

花田は裂帛(れっぱく)の気合いと共に迫ってきた。

真中も飛び出す。

二人の刃がぶつかり合い、青白い火花が飛び散った。花田は長身を利し、上から真中に圧(の)し掛かった。

眼前に憤怒の形相と化した花田の顔がある。真中は地べたに膝をついた。

花田は腰を落とし、両足を広げた。

すかさず、真中は膝で花田の股間を蹴り上げた。花田の顔が苦痛に歪み、刀を握る力が緩んだ。

真中は花田を押しのけ走り出した。

灌木の間をすり抜け、贋金の鋳造所に向かう。花田も追いかけてきた。

鋳造所が見えたところに、お軽と末吉がいた。二人ともこちらに向かって逃げてくる。真中を見ると、

「お助けください」

と、末吉が叫んだ。

鋳造所から関羽のような男が出てきた。唐冠を被り、青の唐人服、長い顎髭、手には青龍偃月刀、まさしく錦絵に描かれる関羽であった。末吉とお軽は真中の背中に隠れた。

関羽こと錣一刀斎はゆっくりと歩いてきた。

そこへ、花田が追いついた。

一刀斎と花田は真中たちを挟み撃ちにしようと、間合いを詰めてくる。

花田が錣一刀斎でないのはわかった。

迫り来る一刀斎は花田に劣らぬ大柄だ。

と、髭に覆われてよく見えないながらも、その顔に真中は違和感を覚えた。

会ったことがある……。

そうか、佐々岡慶次郎……。

いや、そんなはずはない。佐々岡は贋金を藩の公庫に紛れさせた咎で切腹をしたはずだ。

いやいや、待て。それはおかしいと己は疑問を抱いていたではないか。

佐々岡は優れた武芸者であると同時に、勘定方に適した几帳面さを持っていた。神田の縄暖簾で支払いの際、銭金を一枚一枚確かめていたのが思い出される。佐々岡が贋金を見逃すはずはない。従って贋金が原因で切腹させられたとは疑わしい。

佐々岡が切腹したとは花田が言っていただけだ。

生きていてもおかしくはない。

すると、末吉の子分たちが数人、鋳造所から出て、駆けてくる。

「こっちに来るな。逃げろ！」

末吉は大声で追い返した。

一刀斎はくるりと背中を向け、子分たちに襲い掛かる。子分たちは泡を食って逃げる。逃げ遅れた二人が青龍偃月刀の餌食（えじき）となった。

血飛沫を上げ、一人の首が宙を舞い、もう一人の胴が切断された。末吉とお軽はぶるぶると震え、膝からくずおれた。

返り血を浴びた一刀斎は振り向き、真中を睨んだ。

血に飢えた野獣の目だ。

縄暖簾を出た時、佐々岡は野良犬を三匹も斬り捨てた。あの時の異様な顔つきと同じだ。両目は血走って三角に尖っているが、頬は楽しそうに緩んでいた。

間違いない。錣一刀斎は佐々岡慶次郎だ。花田の言葉が思い出される。一刀斎は自分より腕は上。佐々岡は藩主の御前試合で三年連続の第一等を果たしたのだ。花田も認める上段者というわけだ。

そして、花田が言った決定的な言葉、「殺しを楽しむ者」がまさにここにいた。眼前の一刀斎は二人を斬って愉快そうだ。

喜多方では山に入って、野良犬を斬っていたとも言っていた。その山とは錣山、そして、野良犬とは喜多方藩に潜入してきた犬、すなわち隠密を処刑してきたのではないか。

するると、境内が騒がしくなった。

参拝に訪れた者が、不審な眼差しを向けている。

「引き揚げるぞ」

素早く花田は納刀し、一刀斎を促した。

一刀斎はおやつを前にお預けを食った子供のように舌打ちをすると、花田と共に走り去った。

真中もお軽と末吉を伴い、駆け出した。

お軽と末吉の身を守らなければならない。根津のお勢宅を真中は目指した。

第四章　贋の決着

一

根津権現近くにある武家屋敷の一軒、お勢宅の居間で真中は外記と対した。

「佐々岡慶次郎こそが錣一刀斎です」

真中は外記に妙祥寺での花田と一刀斎との争いを報告した。

「何故、錣一刀斎などに扮したのだ」

外記は静かに問いかけた。

「佐々岡は己が剣を試してみたくなったのかもしれません。わたしにも心情を吐露しておったのですが、いくら武芸を磨こうが、太平の世では宝の持ち腐れになってしまう、それでは何のための剣なのだと」

真中は言いながら立ち上がると、

「入れ」

と、末吉とお軽を呼んだ。

二人はおずおずと入って来た。

「怖がることはないぞ」

笑顔で外記は迎えた。それでも、二人は警戒心を抱きながら部屋の隅に控えた。

「取って食おうというのではない」

外記は声を放って笑った。

お軽と末吉はそれでも、表情が硬いままだ。外記は続けた。

「鳥居に殺された猪之吉……いい親分、そしてよき亭主だったのだな」

「親分をご存じなんですか」

末吉の表情が和らいだ。お軽も目元を緩めている。

「いや、見知っておるわけではない。悪いが、盗み聞きをした」

外記は利兵衛を尾行し、妙祥寺でお軽や末吉たちのやり取りを聞いたのだと打ち明けた。

「まあ……じゃあ、あたしが鳥居を呼んで来たのも知っているの」

お軽は目を白黒させた。

外記がうなずくと、

「ええっ、お侍、何者ですか」

末吉は両目を見開いた。

「ただの浪人だぞ」

と、外記は返してから、

「わたしが何者であってもどうでもよい。それより、綴一刀斎とは喜多方藩宇田川家勘定方の佐々岡慶次郎であるのだな」

改めて問いかける。間髪を容れず真中が言葉を添える。

「正直に答えよ。このままでは、おまえたちは口封じのため、佐々岡に殺されるぞ」

お軽と末吉は顔を見合わせてから、

「その通りです」

と、末吉が返事をした。

真中が問いかけを続けた。

「佐々岡と知り合ったのは、妙祥寺の賭場であったのだな」

「その通りです……ええ、真中さんと一緒にいらした時からですよ。その、ほんと、嘘じゃありませんや」

末吉が要領を得ない答えをすると、

「あらかじめ、大和屋の旦那に言い含められたんじゃないの。その辺のところをきちんとお話ししないと」

お軽が口を挟んだ。

末吉はそうですねと応じて、記憶を整理し始めた。

「お軽が話した方がいいのではないか」

真中が言うと、

「そうですよ。姐さん、お願いします」

末吉も賛同し、じゃあとお軽が話し始めた。

「あたしたちは、何しろ、鳥居が憎かったんだ。大和屋の旦那とは死んだ亭主が、旦那が金主となって賭場を開帳させてもらった関係で懇意にしてもらっていたんだよ。賭場を開帳する前から、大和屋さんの貸付の取り立てなんかをやらせてもらっていたしね。そんなだから、旦那にはずいぶんお世話になった。そんな旦那が、先月の中頃だったか、喜多方藩勘定方の佐々岡慶次郎さまってお侍を賭場に紹介してくださったんだ。あの賭場は、利兵衛旦那が認めたお客しか出入りを許されなかったから。それか、お客の紹介じゃないと……だから、客筋はよくて、賭場につきものの妙な揉め事も起きなかったんですよ」

末吉たちは利兵衛のお客ということで、佐々岡を特別に歓待した。佐々岡は、儲けさせてやればさぞ喜ぶと思っていた。

「ところが、佐々岡さまは、あまりお喜びにならなかったんですよ」

末吉が言った。

すると、賭場を訪ねて利兵衛がやって来たという。

お軽が続けた。

「旦那は佐々岡さまが本当にやりたがっていることを見抜いていらっしゃった。どうしてかっていうと、佐々岡さまの上役、花田さまと旦那は懇意にしていらしたから。花田さまは佐々岡さまが普通ではないこと……何て言ったらいいのか……うまく言えませんけど、ご自分の武芸の腕を必死で閉じ込めている、だから、その不満を晴らすための刺激が欲しいって……おわかりになりますか」

自分で語りながら、うまく説明できないもどかしさをお軽は感じている。

真中は表情を和らげると、お軽の言葉を引き取って確認した。

「花田は佐々岡の殺気立った一面を戒めようとしたと、申しておったようだ。風流を解するよう俳諧を勧めた、と。しかし、実際は逆に煽りたてたということなのだな」

「そうです。そうなんです。あたしと末吉がどうにかして鳥居に猪之吉の意趣返しをしてやりたいって、利兵衛旦那に相談していたんだけど、利兵衛旦那が企てた鳥居かどわかしに花田さまも乗ってきたんだ。もう、目の色を変えて、自分も仲間に加えろって。で、花田さまの指示で鳥居をかどわかしたんだ」

利兵衛は鳥居誘拐だけではなく、大胆なことを企てた。鳥居を誘拐して、鳥居不在の一報をわざと江戸市中に流し、人々の財布の紐を緩め、通貨の流通が活発になったところへ、贋金が溢れる、幕府も江戸市中も大混乱する、と利兵衛は企んだ。贋金を撒くためには、黄金党なる一味を組織した。花田は利兵衛の企みを聞き、佐々岡を引き込んだ。佐々岡は閉じ込めていた武芸の技と腕を思う存分発揮できると喜び勇んだ。花田は佐々岡が死んだことにして黄金党の頭目錣一刀斎に仕立てたのだった。

佐々岡は黄金党を率いて、暴れまわることに興奮した。

「今回の企ては利兵衛と花田が仕組み、佐々岡とそなたらが実行したのだな」

真中に確かめられ、

「あっしらは鳥居の監視をしていただけですよ。とってもあっしらに、人を殺す度胸なんてありゃしませんや。時々花田さまが様子を見にいらして、指図していかれました」

必死の形相となり、末吉は訴えた。横でお軽もそうですと言い添える。

「そなたの手下ではないとすると、佐々岡に率いられた黄金党とは何者なのだ」

「喜多方藩のお侍方ですよ。みなさん、大和屋さんから多額の借金をしています。借金をちゃらにする上に礼金まで貰えるってんで、黄金党に加わっていらっしゃるんです。ちなみに、みなさん、喜多方藩を離れていらっしゃいます」

佐々岡同様に剣を実戦で役立てたいという連中を募り、脱藩させた者らで結成されたのだそうだ。

「黄金党もそなたらも、利兵衛と花田の掌の上で踊らされておるのだな」

外記が言った。

真中はうなずくと、

「贋金騒動、利兵衛と花田が中心となり黄金党を結成し、佐々岡を中心とした喜多方藩の者たちが暴れまわった。それで……どうして贋金をばら撒いたのだ」

「そりゃ、江戸の商いを混乱させるためじゃござんせんか」

末吉の答えは曖昧だ。

「混乱させてどんな利があるのだ」

真中は問いを重ねる。末吉に代わってお軽が答えた。

「混乱させれば、儲かる……じゃありませんかね。自分の持ち金を両替しておこうって思う者が大勢出るから大和屋さんは儲けられるんじゃありませんか。小判は危ないから銀貨に両替したいってお人が大和屋さんに押しかけるんじゃないですか」

「いや、それでは儲からん。手元に小判を持っておる町人など限られておる。小判を銀貨に両替するのは銀貨が流通している上方と商いのある商人か、上方と江戸の両方に店を持つ商人に限られよう。多少は利が得られようが、江戸中を混乱させてまでやるような大儲けにはならぬぞ」

真中に指摘され、お軽も末吉も黙り込んだ。二人とも利兵衛から納得のいく説明を受けていないのだろう。二人にとっては、鳥居への復讐こそが大事で、贋金騒動には関心が向かなかったのだ。

これ以上、二人に問いかけても無駄だと真中は判断し話題を変えた。

「贋の小判を吹くための金は、喜多方藩領内の隠し金山から調達すると聞いたが、それはまことか」

「そいつはどうなんでしょうね」

この問いにも自信なさそうに、末吉はお軽を見た。

「隠し金山なんて、本当にあるのかね。怪しいもんだよ。だって、旦那に聞いたことあるんだもの」

お軽は利兵衛に喜多方藩には隠し金山があるのか聞いたことがあった。かねてから奥羽は金の産地だと耳にしていたから、喜多方藩にも金山があって、それを幕府に隠しているんじゃないかと尋ねたのだそうだ。隠し金山があれば、大和屋が喜多方藩と藩士たちに貸した金の回収にも役立っているだろうと、お軽は踏んだりもした。

お軽の問いを利兵衛は一笑に付した。

「隠し金山があったなら、借金を踏み倒されなかったって、嘆いていたよ」

お軽は意外なことを言った。

「大和屋が貸し付けた金は、返ってきたのではないのか」

おやっと思って真中は問い直した。

「四割しか返ってこなかったって」

お軽は言った。

「どういうことだ」

「利兵衛旦那と先代が喜多方藩に貸し付けたのは、ぜんぶで五十万両くらいだそうですよ。その内、喜多方藩が藩として借りていたのは二十万両です。その二十万両は、何とか返済されたんだそうです。しかし、残り、三十万両余りは……」

お軽は首を左右に振った。

外記が、

「やけに詳しいではないか」

気に障ったようでお軽はむっとなって言い返した。

「うちの人は利兵衛旦那の下で貸金の取り立てをやっていましたからね。うちの人も末吉も、算盤には長けているんですよ。貸付金の取り立てには信用してもらっていましたんで、利兵衛旦那から、色々と相談にもあずかったんですよ。喜多方城下にも乗り込みましてね、取り立てをやろうじゃないかって、子分たちを引き連れて、出向いたんです。昨年の春でしたね」

お軽は残念そうに唇を噛んだ。

「あんときは、喜多方は酒がうまい、いい温泉もあるってんで、親分もあっしらもやる気満々だったんですよ」

末吉が言うと、

「それがね……」

お軽は舌打ちをした。

三十万両の貸付先は、喜多方藩の家臣たちだった。それら家臣が負った借金に対し、喜多方藩は棄捐令を発した。棄捐令とは、借金を帳消しにする法令である。

一見、無体な政策であるが、武家側の言い分は、借金まみれの武士ばかりでは、消費活動は活発化しない、家臣たちを借金のくびきから解き放つことにより、消費活動を盛んにすれば、商いが盛んとなり、経済が活性化するというものだ。

喜多方藩に限らず、幕府も寛政元年（一七八九）に実施した。約五十年周期で実施するのがよいと唱える学者、役人もいて、天保十三年のこの時期、近々にも行われるのではと噂されている。幕府の言い分は、五十年前の借金を背負い続けては武士の暮らしは立ち行かない、家督を継いだ時点で自分が負ったのではない借金にまみれているのは理不尽だというものだ。

確かに棄捐令によって、喜多方藩の名産品は売れ、産業が振興されはしたのだった。

「利兵衛旦那も、親分もがっかりでしたよ。もちろん、あっしらもね」

末吉は嘆いた。

「その腹いせで贋金を江戸でばら撒いたのか」

外記の問いかけに、

「そうだと思いますよ」

末吉はその辺のところはよくわからないと繰り返した。

外記は問いかけを続けた。

「それで、贋の小判吹きのための金は、どこで手にいれたのだ。隠し金山ではないのだろう」

「藩札ですよ」

末吉は答えた。

外記と真中がいぶかしむと、お軽が言った。

「利兵衛旦那は喜多方藩から藩札を引き受けていますよね」

「そうだな。その藩札を別の両替商や札差に持ち込んで、額面の九割五分を借りたり、喜多方藩領に向かう商人に額面の九割で藩札を売ったりもしておると……ああ、そうか」

真中は大和屋で利兵衛から聞いた話を思い出した。

藩札を他の両替商や札差と交換することにより、利兵衛は小判を得たのだ。その小判は元文、文政小判であった。つまり、今の天保小判よりも金の含有量が多い。

その小判から坩堝で金を抽出していたのである。

「なるほどのう」

外記は感心した。

二

そこへ、お勢が入って来た。手に読売を持っている。

「妙な記事が出ているよ」

お勢に手渡され外記は読売を読んだ。そこには、喜多方藩領に隠し金山があるという記事があった。読み終えると外記は読売を畳に置いた。

「いくら大げさに書き立てる読売といっても、こんな記事が載るとは」

真中は深い疑念を抱いたようだ。

すると、一八も入って来た。一八も読売を持参している。

「喜多方藩領に隠し金山があるって書いてるんだろう」

自分が買った読売を掲げてお勢が問いかけると、

「金山でげすがね、大変なことになりそうでげすよ」

一八は声を出して読売を読み始めた。

幕府が喜多方藩の隠し金山を摘発し、喜多方藩十万石宇田川家を改易に持ってゆくというものだった。

「こりゃ、大変でげすよ」

一八は扇子を開いたり閉じたりを繰り返した。

「どういうことだろうな。読売がこのような記事を書き立てるとは」

外記は疑問を呈した。

「何者かが、読売屋にわざと流したとしか思えませぬ」

真中が言うと、

「でも、大和屋の旦那はなぜ喜多方藩を改易させようとしたのかしら」

お軽は不思議そうにつぶやいた。

末吉も、

「そうですよ。喜多方藩の藩札、これで暴落するんじゃありませんかね」

さすがは、借金の取り立てをやっているだけのことはある。即座に藩札のことを口に出した。

真中は大和屋での利兵衛とのやり取りを思い出した。かつて播州赤穂藩が改易になった時、大石内蔵助は額面の六割で藩札を買い取った。六割で買えたのは、赤穂藩が塩の生産と販売で利を上げていたからと、浅野家再興を願った大石に少しでも御家の評判をよくしたいという意図があったからだった。ところが、喜多方藩が万が一にも改易になったら、六割どころか紙屑になる、と利兵衛は言っていた。

喜多方藩の財政は苦しい。名産品で儲け大和屋に借金を返済したのではなく、六割を棄捐令で帳消しにしたに過ぎないのだ。隠し金山などないとしたら、改易された時点で藩札は紙屑となる。

「この記事を読売屋に流したのは、大和屋を潰そうとする勢力ではありませんか」

真中が考えを口に出した。

続いて、

「でも大和屋さんを潰して得する者なんているのかしら……。大和屋さんが潰れたら困る人たちはいっぱいいるけど……」

お軽が言った。

「そうですよ。大和屋さんにお金を貸してなさる札差や両替屋さんもいますからね」

末吉も賛同した。

「大和屋の考えは読めませぬが、いずれにせよこれで、大和屋は大きな痛手を被(こうむ)りますね」

真中の言葉に、外記はどうも釈然としない思いに駆られた。

三

明くる日の昼下がり、外記は相州屋重吉の扮装で大和屋を訪ねた。

店の前には大勢の喜多方藩士、それに町人が押しかけていた。町人たちは利兵衛から藩札を買い取った両替商、札差、喜多方藩領に出向く商人たちである。藩札を買い戻せと騒いでいるのだ。

「ちょっと、お待ちください」

利兵衛は店の前に出てきた。

「なにをしているのだ」

「藩札、紙屑同然じゃないか」

「金、返せ！」

辛辣（しんらつ）な罵声が利兵衛に浴びせられる。中には利兵衛の襟首を摑んで憤怒の形相で怒鳴り散らす者もいた。

「ちょっと、みなさん、落ち着いてください」

動ずることなく、利兵衛はみなをなだめた。

優男然とした利兵衛の面構え（つらがま）えと冷静な態度に、却（かえ）って怒りを募らせる者もいた。

「落ち着いていられるか」

「早く、金を吐き出せ！」

怒声が続く。

利兵衛はもみくちゃにされながらも、

「みなさん、何も喜多方藩は改易にされたわけではございません」

と、変わらぬ冷静さで告げる。

「改易にされるんだろう」

「御老中の水野さまが、お取り潰しの沙汰をくだされたそうだぞ」

利兵衛とは対照的に、彼らは必死の形相で言い立てる。

「いくら御老中さまでも、お一人のお考えで大名家を取り潰せるものですか。喜多方藩は十万石、国持格、藩主備前守元春さまは従四位下の位にあられます。そんじょそこらの外様大名ではないのですよ。改易など、畏れ多くも公方さまの御沙汰なしではできませぬ」

語調を乱さず、利兵衛は返す。説得力があり、詰めかけた者たちも口を閉ざした。

するとそこへ駕籠が止められた。

駕籠から出てきたのは、南町奉行鳥居耀蔵である。内与力の藤岡伝十郎が集まった者たちに、

「会所に集まれ。これより、御奉行より、お話がある」

と、伝えた。

大和屋で取り付け騒ぎが発生し、それを見過ごせないと鳥居が乗り出してきたようだ。

会所には大勢の町人が集まった。

外記もそれに紛れた。みな手には喜多方藩の藩札を握り締めている。

喜多方藩が改易されれば藩札は紙屑となってしまうのだ。

　鳥居が上座に座った。

「その方ら、白昼、公儀を憚らず日本橋界隈で騒ぎを起こすとは、不届きの極みである」

　鳥居はまず町人たちを叱責した。

　町人たちは一斉に平伏した。みな、文句を言いたそうだったが、相手が鳥居とあっては抗議の言葉どころか、一言も発せられない。

　鳥居は一同を見回し、

「して、騒ぎの原因は何だ」

と、問いかけた。

　部屋の中に微妙な空気が漂った。

　今更、騒ぎの原因を聞くのかという思いだ。鳥居はわざと惚けて質問をしているとしか思えない。つくづく、腹黒い男だと外記は不快な気持ちで一杯になった。

　誰も答えようとしないため、

「その方ら、聞こえなかったか。騒ぎの原因は何かと尋ねておるのじゃ」

　繰り返し、鳥居は問うた。

　ここに至って利兵衛が面を上げた。

「読売が書き立てた記事が騒ぎの原因でございます」

利兵衛は読売を差し出す。藤岡がそれを手に取り、鳥居に見せた。

鳥居は一瞥(いちべつ)し、

「そうか……」

意味深な笑いを浮かべた。次いで利兵衛を見て、

「大和屋、その方、喜多方藩の御用達であったな。大名貸しもやっておるようじゃな」

「おおせの通りでございます」

「藩札もずいぶんと引き受けておるのであろう。なるほど、その方どもはこのような読売を真に受け、藩札を大和屋に買い戻してもらおうと、押しかけたというわけだな」

鳥居の問いかけに、喜多方藩が改易になれば手持ちの藩札は紙屑になってしまうという悲痛な叫びが上がった。

「いかにも、藩札は発行した大名家が存続しなければただの紙屑じゃ」

鳥居は言った。

利兵衛が、

「御奉行さま、読売が書き立てたこと、根も葉もないことであるとおっしゃってくださいまし」

と、訴えかけた。

鳥居は表情を消し、改めてみなを眺めまわした。みなの視線が集まる。

「そもそも大名家が改易になるなど、よほどの失態でもない限りはあり得ぬ。お世継ぎがないとか、公儀に対し謀反を企てた、あるいは御禁制の抜け荷を扱った、あるいは隠し金山……」

鳥居の言葉にどよめきが起きた。

「隠し金山……では、やはり、喜多方藩はお取り潰しでございますか」

我慢ならないとばかりに、町人の中から問いかけがなされた。

「それはわしにはわからぬ。町奉行の分際(ぶんざい)で、大名家の改易などという大事に口を出せるものではない」

鳥居は利兵衛を見た。

さすがの利兵衛も冷静さを失って、苦しそうにうつむいている。

「では、わたしたちはどうすればよろしいのですか」

「そうじゃな」

鳥居は考えるようにして、腕を組んだ。それからおもむろに、

「ならば、三割で買い取れ」

と、利兵衛に命じた。

町人たちから悲鳴が上がった。

「どうじゃ、大和屋」

鳥居は利兵衛に迫る。

「早急に金を用立てるとなりますと、二割の買値が限度と思います」

苦しそうに利兵衛は答えた。

すると、

「御奉行さま、それは殺生でござります。額面の三割はいくらなんでも」

鳥居の沙汰に抗議の声が上がった。

怒りを表すかと思いきや、鳥居は意外にも穏やかに、

「売りたくない者は売らずともよい」

と、告げてから改めて利兵衛に向かい、

「二割と申すか」

「何卒……」

利兵衛は両手をついた。

鳥居はしばし思案をしてから、

「二割五分である」

と、断じた。

「どうじゃ。二割五分で売る者は売れ、売らぬ者は売らずともよい」

鳥居は宣言した。

町人たちは、お互い顔を見合わせてもごもごと話し合いを始めた。喜多方藩が改易されれば、二割五分どころか一文にもならないのだ。

「まだ正式には決まっておらぬが、公儀にあっては、来年にも棄捐令を発することを検討しておる」

鳥居は言い添えた。

かねてより、流れている噂である。幕府は五十年を周期に棄捐令を発する。棄捐令が発せられれば、旗本、御家人の借金は帳消しになる。特に札差などは、大損害だ。

「二割五分で買い戻してくれ」

中の誰かが叫んだ。

その声に釣られるように、

「わしも二割五分で売るぞ」

などと賛同する者が現れた。

「ならば、大和屋、二割五分にて買ってやれ」

鳥居は利兵衛に命じた。

「承知しました」

利兵衛は買い取りに応じた。

一連のやり取りを見て外記は疑問に思った。鳥居は大和屋を助けることにしたのだろうか。いや、助けたことにはならないのか。二割五分とはいえ、喜多方藩が改易になれば、藩札は紙屑である。たとえ、二割五分であろうが、買い戻した分だけ利兵衛は赤字を被るのだ。

会所に詰めかけた者たちは大和屋へと移動した。

四

鳥居は水野を訪ねた。

水野屋敷の書院で対面する。

「御指示通り、大和屋に行ってまいりました」

鳥居は藩札買い取りの経緯を語った。

「うむ、それでよかろう」

水野はうなずいた。

「水野さま、どうして喜多方藩改易の噂を流したのですか」

鳥居は水野の指示で読売屋に喜多方藩の隠し金山と、幕府による隠し金山摘発の噂を流布させたのだった。

鳥居の問いかけに、

「喜多方藩に隠し金山などはない」

さらりと水野は言ってのけた。

「……それはどういうことでござりましょう」

鳥居は首を傾げた。

「申した通りじゃ。喜多方藩にはこれまで、何度も公儀御庭番を派遣しておる。金山などあったら、とっくに御庭番が摑んでおる」

「しかし、こたびの贋金騒動で隠し金山の存在が疑われたではござりませぬか」

鳥居は戸惑いの表情を浮かべた。

水野は返事をしない。

鳥居は食い下がった。

「ならば、喜多方藩はどうなるのですか。改易には処さないのですか」

「隠し金山はなし、公儀に弓引くわけでもなし、世継ぎがおらぬわけでもなし、改易にする理由はないぞ」

水野は言った。

「しかし、それでは……」

鳥居は疑念に加え不服が湧き上がってきたようだ。

「不満そうだな」

「不満と申しますか、今回の贋金騒動で公儀の台所は、少なからぬ影響があると思います。来年の上さま日光社参の費用も考えますと、公儀の台所を潤わさなければなりませぬ。喜多方藩改易はもってこいと申しますか、それ以上ない、格好の材料となったでありましょう」

鳥居は抗議するような目をした。

「何、その辺は心配には及ばぬものぞ」

水野は快活に笑った。

「どういうことなのか、さっぱりわかりませぬ」

鳥居は不満を漏らした。

「事が成ればわかる。今少し、待て」

水野は宥めた。

鳥居は不承不承といったように口を閉ざした。

「来年、そなたは勘定奉行を兼帯するのであろう。わしが推す」

明瞭な声音で水野は約束した。

「あ、ありがとうございます」

鳥居は目を輝かせた。

「来年、棄捐令を発する」

水野は言った。

「やはり、出しますか」

「そなたは、矢面に立て。よいな」

水野は命じた。

「むろん、そのことは承知しております。ここらで棄捐令を出すのは、時宜を得ておると存じます。御家人、旗本どももきっと、水野さまに感謝致しましょう」

鳥居は言った。

「そうであろうな」

水野は満足そうにうなずいた。


その夜、外記は大和屋の庭に潜んだ。

黒装束で闇に溶け込んでいる。

じっと息を殺していると、ようやくのこと、藩札の買い戻しが終わった。最後の町人が帰ると、利兵衛は駕籠に乗り込んだ。

「いよいよ、黒幕登場か」

外記はにんまりとした。

駕籠は夜の道を急いだ。江戸城の方向へ進んでゆく。ひょっとして、南町奉行所に向かうかと疑ったが、そうではない。

喜多方藩邸へ向かうのだろうか。

それも違うようだ。

粛々と駕籠は進み、やがて、ある大名屋敷の裏手につけられた。

「そうか、そういうことか」

外記はにんまりとした。

そこは水野忠邦の屋敷であった。

庭に面した御殿の座敷に利兵衛は入っていった。屋敷に潜入した外記は庭の植え込みの陰に身を潜める。

やがて、水野が現れた。

外記はそっと御殿の床下へと忍び込む。

「お陰さまでうまくいっております」

利兵衛の声が聞こえる。

「ま、こんなものじゃ」

水野の機嫌もいい。

「今回の企て、水野さまのご支援あってのことでござります」

「なに、わしは元文、文政小判の回収を進めたかっただけじゃ。そなたの贋金の企ては大いに役立った。町人ども、元文、文政小判を中々吐き出そうとしなかった。通用の期限を設けてもじゃ」

「やはり、金はありがたいものでございます。金を多く含んだ小判を手放したくはないのです。土蔵の奥深くに仕舞い込み、ありがたがっておる者が珍しくはありません。しかし、小判は拝むものではなく、使うものでございます」

「そなたの申す通りじゃ。天下の通用、土蔵にあっては宝の持ち腐れじゃな」

水野の声も明瞭だ。

「水野さま、一つ考えがございます」

「申してみよ」

「今後、御公儀におかれましても紙幣を発行されてはいかがでしょう。金一両の紙幣を発行し、一両小判と引き換えるのです。さすれば、元文、文政、天保の各小判全てが御公儀の御金蔵に納められます。目下、天下に流通する小判は一千万両を超えましょう」

「そうじゃのう……」

水野の声には躊躇いが感じられる。

「通用は貨幣、紙幣、関係ございません。要は発行する者の信用でございます。この世におきまして御公儀に勝る信用はございません。御公儀が一両と定めれば、たとえ紙でも石ころでも一両なのです」

利兵衛の言葉に熱が籠もった。

「その方が申すことにわしも異存はない。だがな、民にはその理屈がわかるまい。幕閣においてもどれだけの者が理解を示すやら……実際、五年前の改鋳に際しても金の含有量を減らすのに反対した者がおる。減らすどころか、慶長小判と同等にすべきだ、神君家康公がお定めになった小判に戻すべし、と、時代にそぐわぬことを平気で申す者までおる有様じゃ」

不満そうに水野は舌打ちをした。

いくら水野の強権をもってしても幕府が紙幣を発行し、小判を回収するのは無理だろう。罰則を科しても回収は滞るに違いない。町人ばかりか寺社、幕閣、諸大名の反発は必定だ。幕府が定めれば紙でも一両だとはわかっていても、いざ、受け取るとなると紙幣の一両よりは小判の一両をありがたがるのが人情だ。結果、小判の回収も、紙幣の流通も滞り、商いは混乱する。

そのことを水野はわかっているようだ。

利兵衛は続けた。

「御金蔵に納めた一千万両の小判から金を取り出せば、外国から強力な武器が購入できます。外国との商いには金がものをいいます。さすれば海防は抜かりなく整えられましょう」

「そなた、政には立ち入るな」

水野はぴしゃりと言った。

申し訳ございません、と、利兵衛は口を閉ざした後、一呼吸置いてから、話を再開した。

「畏れ入りますが、喜多方藩改易は出鱈目(でたらめ)だと、通達して頂きたいのですが……」

「うむ。いつ頃がよい。藩札を買い戻してからがよかろう」

「年内には買い戻せると存じますので、年明け早々にも、お願い申し上げます」

「承知した。そなた、大儲けができるな」

水野は笑い声を上げた。

喜多方藩改易は噂に過ぎなかったとなれば、藩札の信用は回復する。二割五分で買い取った藩札の額面満額の支払い能力が回復すれば、利兵衛は労せずして四倍の財を得られるのだ。

大量の藩札を所有した利兵衛は、喜多方藩の財政を左右する巨大商人となる。今後、喜多方藩は借金の踏み倒しはできない。巨大両替商は、大名貸しをしている大名家の年貢を担保に取っている。領内から納められた年貢、つまり、米の販売はその両替商の裁量(さいりょう)に任される。

利兵衛もそうした巨大両替商にのし上がろうとしているのだ。

「これをきっかけに、水野さまにおかれましては、手前どもをご贔屓(ひいき)にして頂きとうございます」

「わかっておる。来年より、公儀の御用金の扱いを任せる」

「ありがとうございます」

利兵衛の声は弾んだ。

「それと、大和屋。妙祥寺の贋金鋳造所、今夜の内に破却せよ。跡形も残すな。もう、贋金は鋳造せずともよい。出回っておる贋金を調べる名目で小判を検められるからな」

冷めた口調で命じた。

「今夜中にやってしまいます。蒸し返すようで恐縮ですが、贋小判であっても、御公儀が一両だとお認めになれば、本物の小判となります」

「なんじゃ、そなた、贋小判が惜しくなったか」

「御公儀にとって惜しいと思います」

「構わぬ。贋小判も鋳造所と共に始末せよ。事は間もなく成就するのじゃ」

「承知致しました」

勢いよく、利兵衛は返事をした。

床下から外記ははい出た。

これで、全てが繋がった。

鳥居誘拐、贋金、隠し金山、喜多方藩改易、藩札暴落、そして元文、文政小判の回収……。

水野忠邦と大和屋利兵衛が書いた筋書きが読めてきた。

水野は元文、文政小判回収による出目を得ようとし、利兵衛は喜多方藩改易の噂により藩札を暴落させ、安値で買い取る、そして、喜多方藩改易が根も葉もない噂だとわかった後に藩札の値が戻り、巨利を得る。巨利ばかりではない。莫大な藩札を握った利兵衛は喜多方藩の財政を左右する商人となる。棄捐令を発せられ、莫大な貸付金を帳消しにされた利兵衛はその恨みを晴らし、大損を取り戻すために藩札を握ろうと考えたのだろう。

鳥居誘拐は奢侈禁止令の取り締まりで萎縮した江戸庶民の財布の紐を緩ませるためだった。通貨を市中に吐き出させ、通貨が溢れたところに贋金を撒き、贋金取り締まりの名目で旧小判を引き換えていったのだ。

おそらく、これらの真実は鳥居も知らされていないに違いない。水野がしゃかりきになって旧小判を回収するのは来年に実施する将軍徳川家慶の日光東照宮参拝を成功させるためだ。旗本、御家人たちの評判を取るため、棄捐令も発するのだろう。

雪が降っている。牡丹(ぼたん)雪である。外記が床下に潜んでいる間に、水野屋敷の庭は雪化粧が施されていた。

五

外記と真中は妙祥寺にやって来た。夜半にもかかわらず、篝火が焚かれ、降り積もった白雪が輝いていた。

雪は降りやまないどころか風も強くなってきた。

「吹雪いてきましたね」

真中の白い息があっと言う間に流れ消えた。

本堂裏手の贋金鋳造所にやって来た。唐人服に身を固めた者たちが、鋳造所を破却していた。

外記と真中は走ろうとしたが、雪に足を取られ、思うに任せない。

吹雪の中、鋳造所の背後に聳える鏺山が不気味な陰影を刻んでいた。

「お頭！」

激しくなる一方の風雪に負けまいと、真中は声を大きくし、鏺山の頂きを指差した。

高さ三十間ほどの頂きに鏺一刀斎こと佐々岡慶次郎と花田平九郎が立っている。佐々岡は関羽の扮装、平岡は紺の道着を身に着け、二人ともかんじきを履いている。

と、鋳造所を破却していた黄金党が外記と真中の背後に回った。

外記と真中は口から息を吸い、ゆっくりと吐く丹田呼吸を繰り返した。全身を血が駆け巡り、かじかんだ手が温まり、動きが円滑(えんかつ)になった。

佐々岡が青龍偃月刀を振り回した。

すると、それが合図であるかのように、数人の侍が頂きに現れた。彼らは箱ぞりに乗っている。みな、座ってはおらず立っていた。

「行け！」

佐々岡の大音声が雪の夜空にこだまする。

侍たちは箱ぞりにまたがったまま、錣山を滑り下りてきた。

雪を蹴散らし、奇声を発しながら滑走し、外記と真中に迫る。

外記と真中は横並びとなり、揃って左手を腰に添え、右掌を広げて前方に突き出した。

「てえい！」

と、渾身(こんしん)の気を放つ。

巨大な陽炎が立ち上り、雪景色が大きく歪む。

雷鳴が轟き雷光が白雪を輝かせた。

箱ぞりは動きを止め、侍たちも金縛りに遭ったように座り込む。

が、それも束の間のことだった。

目に見えない巨人が現れ、こん棒を振り回したように、侍たちは箱ぞりごと吹っ飛び、雪が舞い上がった。

何が起きたのかわからないまま彼らは雪の下敷きとなった。

どよめきの声が後方から上がる。

外記と真中が振り向くと同時に、黄金党が弩から矢を放ってきた。

外記と真中は雪に伏せる。頭上を矢が飛んでゆく。外記と真中は雪上を横転しながら吹っ飛んだ箱ぞりに辿り着く。

無人の箱ぞりを外記と真中は手に持ち、黄金党に向かう。箱ぞりに次々と矢が突き刺さった。

箱ぞりを盾の代わりとし、二人は黄金党に迫った。黄金党がじりじりと後退する。

やがて、矢が尽きると、青龍刀を持った男たちが斬りかかってきた。外記と真中は、箱ぞりを投げ、それに向かって気送術を放った。

箱ぞりがばらばらの木片となり、敵に降り注いだ。敵がひるむや、外記と真中は抜刀して斬り込む。

鮮血が雪を真っ赤に染めてゆく。

黄金党は屍と化していった。

やがて、佐々岡と花田が綴山から下りて来た。真中は佐々岡に、外記は花田に向かった。

「佐々岡どの、何故、このような悪事に加担なさったのだ」

真中は問わずにはいられなかった。

問答無用とばかりに攻撃してくるかと身構えたが、佐々岡は鬱憤を晴らすように語り始めた。

「いつか縄暖簾で飲んだ際、貴殿に語ったであろう。武芸を極めてもその武芸を生かす場がない。武士の魂を磨くだけでは物足りないのだ」

「それで、実際に人を斬りたいと思ったのか」

責めるような口調で真中は問い直した。

「剣とは本来、人を斬るための道具、そして剣術は斬るための修練だ。せっかく修練を積みながらそれを使わなければ、腕は錆びるばかりだ。不満ばかりが溜まる」

「殿の御前試合で三年連続で第一等を取りながら綴山に山籠もりを許されなかったのは、佐々岡どののそのような考え方が原因なのではないのか」

真中は静かに問いかけた。

「そのようだ。拙者は抜き身のようだと、評されておった。そんな拙者が武神の棲む綴山に籠もり、修験道の修行を積めば、凶暴な武者になると危惧された。武士ではなく武者だ。戦国の世の武者、それこそが拙者の望むところだった。御前試合で第一等に成った者は、殿の御前で重役方から口頭試問を受ける。合格したら鎹山に籠もることができる。試問は決まっている。剣術について語れ、だ」

剣術とは武士の魂を磨くものだと、答えればいいものを、佐々岡は決まって人を斬るための修練だと答え、顰蹙を買っていたそうだ。挙句、藩主の馬廻りを外され、減俸の上に江戸藩邸の勘定方に異動させられた。

「病の妻のため、江戸詰めになること、一年の猶予を願ったが聞き入れられなかった。石もて、追いやられるようにして国許を追われたのだ」

国許の妻死すの報を聞き、佐々岡の喜多方藩への恨みは骨髄に達した。

そんな折、花田から思いもかけない、そしてこれ以上ない誘いを受けた。江戸市中で好き放題に暴れ回り、喜多方藩を窮地に追い込む企てである。

佐々岡は微塵の躊躇いもなく誘いに乗ったのだった。

同情すべき点はあるとはいえ、結局は激情を抑えられなかったのだ。人を斬る快感に魅入られ、佐々岡は魔道へと陥ってしまった。

語り終えると佐々岡は青龍偃月刀を構えた。

魔人と化した佐々岡を斬らねばならないと誓った。

佐々岡の青龍偃月刀が雪しまきを斬り裂いた。真中は間合いを取った。

長大な偃月刀は真中を寄せつけない。

迂闊に間合いを詰めれば、偃月刀に首を刎ねられるに違いない。

佐々岡は余裕を示すように偃月刀を頭上で回転させた。

真中の額に汗が滲む。

真中は雪駄(せった)を脱いだ。足袋(たび)はだしとなり、雪の上を走る。佐々岡の脇をすり抜け、鎹山の頂きを目指した。

佐々岡が追いかけてくるが、かんじきを履いているとあって、速度は上がらない。それでも、雪をしっかりと踏みしめ、勢いを衰(おとろ)えさせることなく、山を登ってくる。

山の中腹に至ったところで、真中は立ち止まった。振り返って、佐々岡を見下ろす。

吹雪の中、佐々岡の巨大な影が迫ってくる。

咄嗟に真中は刀の柄を右手で摑むと、渾身の力で投げおろした。

刀は矢のように佐々岡目がけて飛ぶ。

が、佐々岡は難なく偃月刀で真中の刀を叩き落とした。

次いで、真中を見上げ、

「武士の魂を捨てるとは、負けを認めたも同然だな」

と、傲然と笑い声を放った。

真中はひるむことなく、

「日本の武士の魂を捨て、唐人に魂を売り渡した者にそんなことを言われる覚えはない」

と、言い返すや、勢いをつけて駆け下りた。

雪を蹴散らしながら佐々岡に近づく。

佐々岡は雪を避けながらも偃月刀を振り上げた。

真中は雪深く足を入れ、蹴り上げる。

雪と共に刀が跳ね上がった。

雪の下敷きになった侍の刀だ。

落下してきた刀を真中は摑むと、下りながら抜刀し、横に一閃させた。

「ううっ」

佐々岡の口から呻き声が漏れ、血飛沫と共に巨体が雪に沈んだ。

外記は花田と綴山の頂きで対峙していた。

「花田、貴様は勘定方の役職にあるのをいいことに、大和屋利兵衛と結託し、御家を傾ける企てを行った。恥を知れ！」

外記が怒鳴った。

花田は開き直ったように笑い声を放った後に返した。

「御家とて、都合よく借金を帳消しにしておるのだ。帳消しにされた大和屋に儲けさせてやっても悪くはない」

「大和屋のせいにするか。おのれも私腹を肥やしたではないか」

「それは当然だ。報酬を得て何が悪い」

「まっとうな仕事での報酬なら当然だ。しかし、贋金を造作して江戸市中にばら撒き、混乱させ、あろうことか、御家改易の噂まで流した。とんだ不忠者だぞ」

「金に惑い、金に踊る者が悪いのだ」

再び花田は哄笑を放った。

次いで笑いが収まったところで、外記と花田は睨み合った。

お互い刀は鞘に納まったままだ。

強い風と雪をものともせず、二人は睨み合ったまま動かない。

先に動いたのは花田だった。

長寸の刀を抜き放ち、猛然と突きを繰り出した。

外記は真上に飛び上がった。

次いで、落下するや空を切った花田の刀身に乗る。

驚きの顔をした花田の顔を蹴り上げ、とんぼ返りを打った。

そして、着地と同時に刀を抜き、よろめいた花田の肩から袈裟懸け(けさが)に斬り下げた。

六

明くる日の朝、外記はお勢の家で末吉とお軽に会った。

「なんだか、あたしたち、利兵衛旦那に踊らされていたみたいですね」

ため息混じりに言ったお軽に続いて、

「金に踊らされましたよ」

末吉も肩をそびやかした。

「おまえたち、鳥居の身代金を得たのではないのか」

外記が問いかけると、

「それが……」

末吉はちらっとお軽を見た。

お軽が、

「あたしたちの取り分は事が成就したらまとめて支払うって、旦那にお預けを食ったんですよ。で、取りあえずってことで、百両はもらったんですがね」

「五千両のはずが百両と思えばまるで損をしたような気持ちになったのだろうが、百両といえば大金だぞ」

外記に諭され、

「違いありませんね。額に汗して働いても百両なんてお金、なかなか得られるものじゃありませんね」

殊勝（しゅしょう）な口調でお軽は言った。

「これからどうするのだ。妙祥寺が摘発されたゆえ、賭場を開帳できる場所を探さねばならぬな」

「それもいいですがね、博打からは足を洗おうと思っているんですよ」

お軽の考えを受け、末吉が言った。

「まずは親分と死んだ子分の供養をして、残った金で金貸しをやろうと思っています。暴利をむさぼるあこぎな金貸しじゃなくって、まあ、あっしらが口にするのはおこがましいですが、世のため人のための金貸しっていいますかね、貧しい人の手助けになりゃいいなって」

照れ隠しなのか末吉は自嘲気味の笑いを浮かべた。

「いいことではないか。しっかりやれ」

大真面目に外記は励ました。

お軽もぺこりと頭を下げて、

「なんだか、贋金騒動で嫌気が差しましてね。金金金……金は使うもんですけど、あたしたち、金に使われたみたいで」

「そこなんですよ。あっしも、金の子分になったような心持ちがして、本当にうんざりしてしまいました」

末吉もしみじみとなった。

博徒、借金の取り立て、金にまみれたお軽と末吉の半生を外記は思った。

「吹っ切れてみると、気分が晴れてきましたよ。贋金で金への執着が、吹き替えられたみたいですよ」

お軽はにっこりした。

「でも、なんだか利兵衛旦那が気の毒になってきましたよ」

末吉は言った。

「あんた、本当に人が好いね。あたしたちは旦那にいいように使われて、挙句に口封じのために殺されそうになったんだよ」

お軽に言われても末吉は考えを変えず、

「旦那だって、三十万両も踏み倒されなかったら、こんな大それたことを企てなかったんじゃありませんか。菅沼さまの前で何ですが、お武家さまの都合で、借金を帳消しにされたんじゃたまりませんよ。言ってみたら、旦那も金に使われ、踊らされていたのかもしれませんね」

「あんた、うんちくめいた言葉を並べたじゃないの」

お軽はくすりと笑った。


その日、北町奉行所が贋金鋳造所を摘発した。贋金騒動は花田平九郎と喜多方藩脱藩の浪人からなる黄金党の仕業とされた。

水野は喜多方藩改易の噂を否定した。大和屋に持ち込まれた藩札は喜多方藩が責任をもって正規の値で買い戻すそうだ。

鳥居は水野の屋敷の書院で面談に及んでいた。

「水野さま、喜多方藩改易を諦められたのですか」

高ぶる気持ちを抑え、鳥居は問いかけた。

「そうじゃ」

素っ気なく水野は答えた。

「喜多方藩宇田川家は、贋金造りに手を染めていたのですぞ。贋金造りは江戸市中引き回しの上、磔(はりつけ)に処されます。御家を挙げてやっていたならば、藩主並びに重臣どもは切腹の上、改易となるのは至極当然だと思います」

突き出た額を光らせ、鳥居は訴えかけた。

水野は表情を消して答えた。

「そなたの申すこと、もっともじゃ。いかにも喜多方藩が藩を挙げて贋金を造作しておったのなら、改易に処せられよう。しかしな、贋金を造作していた者は藩を裏切った者たちじゃ。藩を裏切り、自分たちの私腹を肥(こ)やそうとして企てたのじゃ。それでは改易には追い込めぬ。喜多方藩宇田川家は十万石、国持格の家柄じゃ。安易に改易などしては、天下は乱れる」

「では、隠し金山はどうなのですか。隠し金山は大罪、一部の家臣だけで営(いとな)めるものではありません。藩を挙げて運営しておったはずです」

鳥居は食い下がった。

「喜多方藩に隠し金山などない」

水野は断じた。

「まだ御庭番も派遣しておらぬ内に、どうしてそんなことがわかるのですか」

鳥居は声を大きくした。

「喜多方藩にはこれまでに、何度も御庭番が探索に及んでおる。隠し金山などあれば、とっくに見つかっておる。それにじゃ、喜多方藩の御用両替商、大和屋は喜多方藩より、棄捐令を出された。三十万両もの貸付が帳消しとなったのじゃ。隠し金山があるのなら、喜多方藩は棄捐令など出しはせぬ。大和屋は喜多方藩の家臣どもに多額の貸し付けをしておった。その借財が棄捐令によって帳消しにされた。隠し金山があれば、多少なりと家臣どもの借財を肩代わりしておったであろう」

「それはそうですが……では、どうして水野さまは拙者めが改易を進言申し上げた際ご賛同なされたのですか。隠し金山の摘発と喜多方藩の改易に、水野さまも乗り気であられたではありませぬか」

抗議で鳥居は息が乱れた。

「一時の気の迷いじゃ、許せ」

水野は言った。

「気の迷いでございますか」

鳥居は口をあんぐりとさせた。

「来年の上さまの日光東照宮参拝が迫り、贋金騒動により公儀の台所が揺さぶられ、そなたもかどわかされたとあってはな」

水野の口調は心なしか早口となっている。鳥居は違和感を抱いた。

「ひょっとして、水野さま、はなから喜多方藩を改易に処するなど、考えておられなかったのではありませんか」

低い声音で鳥居は語りかけた。

「そんなことはない。公儀の財政を考えれば、喜多方藩領は喉から手が出るほどに欲しい。だがな、申したように改易に踏み切るには理由が弱い。天下の賛同は得られぬぞ。賛同が得られねば、武力に訴える事態になった場合、はなはだ心もとない。何しろ、喜多方藩領は雪深いからな。奥羽の諸将、わけても仙台藩伊達家中に助勢を得ることは必定じゃ。公儀の討伐軍が万が一にも負けるような事態になれば、上さまの日光東照宮参拝も覚束ないぞ。それでもよいのか」

気を持ち直したのか水野は立て板に水の如き口調となって鳥居に反論した。

「まさしく」

鳥居はうつむいた。

「そなたの忠義心はよくわかっておる。来年には勘定奉行を兼帯する身じゃぞ。公儀の台所が潤うよう、今から備えよ」

水野は命じた。

「承知致しました」

鳥居は両手をついた。

「それから、そなたの身代金を工面する際に出した金の返済は、いつでもよい。利子もいらぬぞ」

恩着せがましく水野は言った。

「ありがたき幸せにございます」

鳥居は声を嗄らした。

「うむ、ならば、励め」

水野は話を打ち切った。

南町奉行所の役宅に戻り、鳥居は書院に藤岡を呼んだ。喜多方藩改易は中止されたと話してから、

「大魚を逃がしたものじゃ。水野さま、必ず後悔なさるであろう」

と、火鉢に手を翳したため息を吐いた。

「まさしく喜多方藩十万石は大魚でござりますな」

藤岡も話を合わせる。

鳥居は表情を落ち着けて言った。

「来年は勘定奉行を兼帯致す。益々、忙しくなるぞ」

「それは、おめでとうございます」

藤岡の祝意にうなずき、

「ところで、わしの身代金であるが……林家からの借入は待ってもらうとして、出入り商人どもへは話はついておるのか」

「はい。各々の借入額に応じまして、返済の期限を交渉しております。こちらの意向を尊重した返済となります。御前が勘定奉行にご就任なされば、祝儀も入るでしょう。つつがなく返済の運びとなりましょう」

ご心配には及びません、と藤岡は言い添えた。

「よかろう。ところで、水野さまは用立てた金子の返済は無利子、返済期限も限らぬとおおせであった。わしを気遣ってくださったぞ」

「それはようございました。水野さまの御前に対するご信頼の証であると存じます」

満面に藤岡は笑みを広げた。

「して、水野さまはいくら融通してくださったのじゃ」

鳥居も唇に笑みを含んで問いかけた。藤岡は一瞬、言い淀んでから答えた。

「百両でござります」

「百両……じゃと」

鳥居は絶句した。

藤岡は目を伏せた。

「ふん、しわいのう。質素倹約も事と次第になさってほしいものじゃ」

鳥居は火箸で灰をかき混ぜた。

師走も押し詰まった二十九日、橋場鏡ヶ池にある外記宅では大掃除が行われていた。お勢と一八、義助が駆け付け、手伝っている。いや、手伝いというより、ぱつと縁側で日向ぼっこをする外記そっちのけで忙しく働いている。

手拭を姉さんかぶりにしたお勢は居間の鴨居にはたきをかけながら、一八と義助に口うるさく指示を飛ばす。

「程々(ほどほど)でよいぞ」

外記は膝に乗せたばつの頭を撫でながら声をかける。

「一年の汚れをきれいにするんだから、いい加減にはできないの」

お勢は言ってから、

「ほら、まだ、隅にほこりが溜まっているじゃないのさ」

縁側の隅に視線を向け、一八に雑巾(ぞうきん)がけをやり直させた。義助には障子の張り替えをやらせ、台所へお節(せち)料理の支度に向かった。

一刻後、掃除が終わり、外記は一八と義助に礼金を支払った。二人は、「よいお年をお迎えください」と言って帰っていった。

お勢がお節料理の数の子を小皿に盛り付け、箱膳に載せて持って来た。

「ちょっと、食べてみて」

味見をするよう求められ、外記は箸を取った。

「来年も忙しくなるわね」

お勢の言葉にうなずき、

「おまえ、真中とはどうなっておるのだ」

数の子を食べながら問いかけた。

「どうって……」

眉根を寄せ、お勢は問い直した。

「決まっておろう。仲は深まったのか」

「変わらないわよ」

「なんじゃ……」

不満たっぷりに外記は箸と小皿を箱膳に置いた。

「あたしを責めないで。こういうのはね、女から働きかけるものじゃないの」

「それもそうか。男勝りでも、お勢も女だからな」

「失礼ね」

お勢は頬を膨らませた。

笑みを浮かべ外記は言った。

「お節は多めにこさえたのだろうな」

「元旦にみんなが集まるでしょう。だから、それを見越して作ったけど……」

「すまんが、少しばかり重箱に詰めてくれ。なに、連中は酒ばかり飲んで料理にはあまり手をつけん」

「そりゃ、いいけど、重箱に詰めて何処かへ持ってゆくの……」

「まあ、ちょっとな」

「あっ、美佐江さんのところでしょう」

お勢に言われ、

「いいではないか」

むっとして外記は返した。

美佐江とは浅草観生寺で近所の子供たちに手習いを教えている女性だ。夫の蘭学者山口俊洋は、三年前、目付だった鳥居耀蔵による蘭学者弾圧、「蛮社の獄」に連座し、小伝馬町の牢屋敷に入牢中である。

外記は美佐江に、亡き愛妾でお勢の母、お志摩の面影を重ね、折に触れ観生寺を訪れている。

「美佐江さんは、人妻なのよ」

お勢は外記が美佐江に老いらくの恋をしているのではないかと危ぶんでいる。

「おまえに言われなくとも、わかっておる」

外記は立ち上がり、縁側に出た。お勢はため息を吐き、台所に立った。

冬晴れの空が広がっている。雲が白く光り、庭には寒雀が集まっている。ばつが楽しそうに雀を追いかけた。

今回の贋金騒動、水野忠邦は鳥居耀蔵と共謀しなかった。水野単独での企てだ。

それだけで水野と鳥居の仲にひびが入ったとは決めつけられない。それでも、二人の間に考えの相違が芽生えているのかもしれない。

鳥居は根に持つ男だ。水野が贋金騒動の黒幕であり、その狙いが旧小判の回収を進めることにあったと知れば、水野への恨みを抱くだろう。

何故、自分に内密にしたのか。自分への信頼を失ったのかと勘繰り、不満と不安にさいなまれるに違いない。

一方、水野は鳥居には知らせずに大和屋と結託した。何故、鳥居に関わらせなかったのかはわからない。鳥居が旧小判回収に当たっては商家から警戒され、手持ちの旧小判を吐き出さないと考えたのかもしれない。

明確な理由はわからないが、水野は鳥居を必要としなかったのだ。

今後、二人の間に隙間風が吹くだろう。その亀裂が大きくなれば、水野が進める改革は頓挫するかもしれない。

とは言っても楽観はできない。
利害が一致すれば、固く結びつくだろう。
外記は丹田呼吸を繰り返した。全身に血潮が駆け巡り、双眸は力強い光を放った。

光文社文庫

文庫書下ろし／長編時代小説

踊る小判（おどるこばん） 闇御庭番（やみおにわばん）(七)

著者 早見俊（はやみしゅん）

2020年11月20日 初版1刷発行

発行者 鈴木広和
印刷 堀内印刷
製本 榎本製本

発行所 株式会社 光文社
〒112-8011 東京都文京区音羽1-16-6
電話 (03)5395-8149 編集部
8116 書籍販売部
8125 業務部

© Shun Hayami 2020
落丁本・乱丁本は業務部にご連絡くだされば、お取替えいたします。

ISBN978-4-334-79120-9 Printed in Japan

R <日本複製権センター委託出版物>

本書の無断複写複製（コピー）は著作権法上での例外を除き禁じられています。本書をコピーされる場合は、そのつど事前に、日本複製権センター（☎03-6809-1281、e-mail : jrrc_info@jrrc.or.jp）の許諾を得てください。

組版 萩原印刷

本書の電子化は私的使用に限り、著作権法上認められています。ただし代行業者等の第三者による電子データ化及び電子書籍化は、いかなる場合も認められておりません。